„Pflege die Freundschaft auf Deinem Weg nach oben. Du brauchst sie auf dem Weg nach unten."
Irgendwo gelesen

**Gewidmet allen Parkinson-, MS-
und anderen Betroffenen,
die nicht resignieren,
die sich bewahren
LEBENSMUT
HUMOR
LIEBE**

~~~~~~~~~~~~~~~

**Im Text habe ich Freunden und der Mutter
meiner Kinder gedankt. Seit 17 Jahren
getrennt lebend – sie hat mir
dennoch sehr geholfen.**

**Danken möchte ich auch Sonja Brauner.
Ohne ihre kritischen Hinweise und konstruktiven
Vorschläge würden einige Geschichten
und Gedichte nicht so klar aussagen,
was ich vermitteln wollte.**

Martin LORENZ

WEITER LEBEN -

Tot sind wir noch lange genug

Bibliografische Informationen der Deutsche Nationalbibliothek:

Die Deutsche Nationalbibliothek verzeichnet dies Publikation
In der Deutschen Nationalbibliografie; detaillierte bibliografische
Daten sind im Internet über http//dnb,dnb.de abrufbat.

© 2013 Martin Lorenz Text, Fotos und Illustrationen

Herstellung und Verlag BoD - Books on Demand Norderstedt

ISBN: . 978-3-7322-8660-7

FREUDE AM LEBEN – kann der Mensch nach einer fatalen Diagnose diese Themen ohne Trauer erleben?

MENSCHEN

LIEBE

EROTIK

NATUR

KRANKENHÄUSER

GEFÜHLE

Einführung

Die anfangs gestellte Frage – ohne Trauer Menschen, Liebe , Humor etc erleben – beantworte ich mit *,Ich kann.' Und ich bin sicher: Er kann AUCH!! Sie natürlich auch!!*

Manche brauchen länger zum Verarbeiten – einige geben auf. Sie scheitern häufig an den Fragen
* Warum ICH?
* Was habe ich getan?
* Weshalb gerade diese Krankheit?
Wer resigniert – lebt nicht mehr richtig.
Die Lebenserwartung – noch zehn, zwanzig und mehr Jahre – ausgefüllt mit Selbstmitleid und Vorbereitung auf das Ende? Weggeworfene Zeit, verpasste Gelegenheiten. Natürlich wird alles mühsamer. Vieles bleibt aber machbar.
„Wer kämpft, kann verlieren. Wer nicht kämpft, hat schon verloren." Brecht hätte für unsere Situation diesen Satz vermutlich geändert: Wer in dieser Lage kämpft – kann nicht verlieren.
Die meisten meiner Leser werden gesund sein – mögen sie es bleiben. Bei diesen möchte ich Verständnis wecken für Menschen, die sich anders verhalten, als es erwartet wird.
Der Ausdruck „Unterhaltung" ist verpönt in Vorworten; ich traue mich, denn mir ist ein Lächeln beim Leser genauso wichtig wie ein nachdenklicher Gesichtsausdruck.
Es werden nicht nur Themen rund um die Krankheiten aufgegriffen – auch der Fantasie und dem Träumen wird Raum gegeben.

Diese Geschichte konnte ich nur schreiben, weil Parkinson mich zu einer Pause zwang. Er bettelte förmlich nach Dopamin. Nichts ging mehr. Ich setzte mich auf eine Bank – an einem Spielplatz. Einige Mütter schauten misstrauisch zu mir, dem Opa ohne Kind. Dort entstand diese Geschichte..

Der Mann am Spielplatz

„Das ist der Kerl von gestern."
Jule schaute ihre Freundin fragend an: „Was für ein Kerl?"
Mit einer Kopfbewegung zu einem von der Bremer Straße kommenden Mann antwortete Nena: „Der ist mir gestern im Grüneburgpark aufgefallen. Erst ist er am Spielplatzrand stehen geblieben und hat die Kinder beobachtet. Ich musste weg, habe aber noch gesehen, wie er einem Mädchen zugezwinkert hat. Für mich ist der nicht koscher."
Die beiden Frauen hatten unwillkürlich geflüstert, obwohl der Mann mindestens sechzig Meter entfernt war.
Der etwa Fünfzigjährige blieb am Rande des Spielplatzes stehen. Ganz offensichtlich interessierten ihn die Kinder sehr. Die beiden Mütter ließen ihn nicht aus den Augen-.
Nena bemerkte, dass seine Schuhe und seine Hose nicht gerade sauber waren – an den Knien waren dunkle Flecken, als hätte der Mann im Sand oder auf der Erde gekniet.
Die Beiden erschraken, als er zu ihnen schaute und die Frechheit besaß, sie mit einem Kopfnicken zu grüßen.
Nena murmelte: „Vielleicht hat er mich wieder erkannt," und schaute scheinbar in eine andere Richtung.
Der Mann hatte sich wieder zu den Kindern umgedreht. Langsam ging er auf eine Schaukel zu, auf die gerade eine vielleicht Vierjährige hochkletterte.
Er erreichte sie in dem Moment, als das Mädchen abrutschte. Schnell griff er zu und hielt sie so lange fest, bis sie wieder Tritt gefasst hatte. Er sagte etwas zu der Kleinen und gab ihr lachend einen Klaps auf den Po.

„Wir sollten die Polizei rufen," flüsterte Jule.

Nena entgegnete genauso leise: „Das bringt doch nichts. Die werden erst wach, wenn einem Kind etwas passiert ist."

„Aber wir können doch nicht zusehen, wie so alte, geile Drecksäcke unsere Kinder betatschen – in der Öffentlichkeit. Und wenn sie alleine sind..."

„Bill und Georg wollten doch nur zwei Stunden mit ihren Rädern durch den Taunus fahren. Vielleicht sind sie ja schon in der Nähe."

Der Mann war inzwischen zu einem Klettergerüst gegangen. In der Hand hielt er eine Digitalkamera, mit der er auch fotografierte.

Ein Junge hinderte ein kleineres Mädchen daran, die Spitze zu erklimmen. Das Mädchen trug einen Rock. Entsetzt flüsterte Kerstin: „Der Dreckskerl fotografiert den Schlüpfer – Ruf die Männer an!!"

Die beiden Frauen saßen auf dem Rand der Sandkiste, in der ihre Kinder spielten, jederzeit bereit, sie gegen den alten Lustmolch zu verteidigen.

Bill und Georg waren auf dem Rückweg nach Hause. Nena rief ihren Bill an und flüsterte: „Ihr müsst sofort kommen.

Ein Mann treibt sich hier auf dem Spielplatz rum, begrabscht die Kinder und fotografiert Mädchen, die Röcke anhaben – von unten!"

Die Antwort ihres Mannes konnte sie nicht verstehen, denn sein Aufschrei war laut, aber undeutlich. Georg fragte seinen Freund erschrocken:

„Ist was passiert?" und sein Freund rief:„Irgend eine Drecksau begrabscht unsere Kinder."

Die beiden Männer hatten diesmal ihre sogenannte ‚kleine Runde' durch den Taunus hinter sich – etwa 60 km inklusive Feldbergplateau. Sie waren bereits zurück in der Raimundstraße, als der Hilferuf sie erreichte. In wenigen Minuten waren sie über Hansaallee und Bremer Straße am Spielplatz angekommen. Sie ließen ihre Mountainbikes fallen, und Bill rief seiner Frau zu – nachdem diese mit Fingern auf den Mann gedeutet hatte:

„Warte noch zwei Minuten, dann ruf die Polizei."

Der Mann, der bis auf wenige Meter an die Sandkiste herangekommen war, also ganz nah bei Jule und Nena mit ihren Kindern, schaute erstaunt auf die beiden jungen Männer, die in Rennrad-Dress und Helm einen imponierenden Eindruck hinterließen. Als er den Hass und die Wut in ihren Augen erkannte, erschrak er offensichtlich. Abwehrend streckte er die Hände aus, als die athletisch gebauten Männer auf ihn zu kamen.

"Meine Herren, das ist ein Missverständnis..." Weiter kam er nicht, denn Georg sagte mit vor Wut heiserer Stimme: „Du erklärst gar nichts, Du Misthaufen. Erklären kannst Du Deine Version später dem Richter, der Dich mit Samthandschuhen anfassen wird!"

Ein Tritt in die Hoden ließ den Mann zusammenklappen. Er wurde wieder hochgezogen und Schläge trafen ihn am ganzen Körper. Nur das schmerzverzerrte Gesicht blieb verschont. Seine Abwehrversuche hatten sehr schnell aufgehört, er lag zusammengekrümmt und ohne Besinnung vor dem Sandkasten.

Die Kinder waren völlig verstört, weinten und klammerten sich schreiend an ihre Mütter. Zögernd kamen alle näher zum Sandkasten.

Eine schwarzhaarige Ausländerin fragte unsicher:

„Ist Mann böse?"

Jule und Nena, von der Brutalität des Geschehens geschockt, antworteten nicht. Mit eingeschalteten Sirenen waren inzwischen zwei Polizeiautos angekommen. Ein älterer Beamter rief nach einem kurzen Blick auf die regungslose Gestalt den Notarzt.

Er nahm aus dem Jackett des Verletzten eine Brieftasche mit Ausweis und einem Schreiben.

Nach kurzem, schweigenden Ansehen der Dokumente wandte er sich an die Menge und fragte:

„Wer hat uns denn gerufen – und wer kann erklären, warum der Mann so zugerichtet wurde?"

Nena trat einen Schritt vor und sagte: „Wir haben sie gerufen. Der Mann hat schon gestern im Grüneburgpark

Kinder fotografiert und sie betatscht. Und wir haben..."
Etwas in den Augen des Polizisten ließ sie schweigen.
Der Polizist schaute nacheinander Bill und Georg an.
Ruhig sagte er: „Das ist Thomas Neff vom Grünamt, der in dieser Woche im Bereich Bockenheim, Stadtmitte bis Ginnheim Spielplätze begutachten, Mängel feststellen und dokumentieren soll."
Sein Kollege hatte in der Zwischenzeit die Fotos auf der Kamera angesehen. Er sagte zu dem Älteren leise, aber für alle zu verstehen:
„Auf den Bildern ist kein Kind, nur Geräte."
Der Beamte wandte sich wieder an die zwei Athleten:
„Ihre Papiere, bitte..."

*Eine sehr unangenehme Eigenheit hat Parkinson – neben anderen – das **Freezing**. Man steht auf und will zur Toilette gehen, eine Straße überqueren – es geht nicht. Die Füße sind wie festgenagelt oder angefroren. Im englischen – dass wir so gerne verwenden:*

FREEZING

Weißt Du, wie das ist,
wenn man glatt vergisst,
wie das Gehen funktioniert?

Man steht da wie festgeklebt,
versucht es – jeder Muskel bebt –
aber nichts passiert.

Eine Stunde oder mehr
fällt das Gehen riesig schwer –
doch dann endet die Blockade.

Ich suche einfach nach dem Grund.
Beginnt bereits der Geistesschwund?
Das wär jammerschade.

Freunde machen mir noch Mut,
wissen auch, wie gut das tut –
ich lehne mich bei ihnen an.

Ich werde nie den Kampf aufgeben,
werde immer danach streben,
dass ich weiter laufen kann.

„MAN" traut es sich nur zu, wenn der Mut vorhanden ist, Niederlagen einzustecken. Manche Begegnungen sind von einer eigenen Dynamik – man lebt wieder – und wenn dann später doch nicht alles so läut, - ach, einfach lesen .

LINIE 64

Völlig außer Atem rief er dem Busfahrer zu: „Danke – Sie sind ein Goldstück!" Der Mann ließ sich in einen Sitz fallen, zog seinen Rollator zu sich heran.

„Entschuldigen Sie," sagte er zu der Frau, der er den Anorak eingeklemmt hatte, „sind Sie schwer verletzt? Ich bin manchmal etwas stürmisch, wenn ich mich gutaussehenden Damen nähere."

„Wenn Sie mir Mund-zu-Mund-Beatmung anbieten wollen – ganz so schlimm ist es nicht!"

Verblüfft schaute er sich die Frau näher an. Das war ihm schon lange nicht passiert, dass auf seine losen Sprüche so reagiert wurde.

Sie war wahrscheinlich etwa fünfzig, doch die Falten, die sie hatte, waren ausschließlich um ihre Augen. Das Gesicht war nicht auffallend, weder hässlich noch besonders hübsch – aber es strahlte eine natürliche Fröhlichkeit aus. Sie lachte leise und sagte:

„Ich hatte nach dem ersten Spruch eigentlich erwartet, dass Sie mehr als nur den Aufmacher in petto haben."

„Sie haben mich kalt erwischt." Sein Atem hatte sich noch nicht beruhigt, er schnaufte noch beim Sprechen.

„Und ich gebe zu: 1 : 0 für Sie."

Die Frau schaute auf den Rollator, bemerkte seine Verbandsschuhe und entgegnete: „Vielleicht sind Sie noch nicht in Form. Sie sollten mal eine Turnhalle mit gewissen Absichten besuchen."

Er strahlte sie an: „Wir zwei gehen jetzt in eine Sporthalle, was halten Sie davon?"

„Ich werde jetzt ins Nordwest Zentrum fahren und einkaufen."

Er ließ nicht locker. „Die 64 ist unser Schicksalsbus – wir haben uns darin getroffen, und diese Linie hält an einer Sportstätte – und ich muss dahin. Dort werden wir uns ein Bundesligaspiel anschauen – und dann fahre ich mit Ihnen zum Einkaufen und schleppe das ganz Zeug bis, na, soweit Sie wollen."

Jetzt war sie es, die leicht verwirrt schien.

„Sie haben ein Tempo – anders als zu Fuß. Was für ein Spiel soll ich mir anschauen und warum müssen Sie dahin?" „Rollstuhlbasketball – Frankfurt gegen München. Und ich muss dahin, weil ich für den Verein ab und zu schreibe."

„Das ist ein Sport, den ich nur vom Fernsehen kenne. Wie lange dauert das Spiel?" – Er konnte ihr versichern, dass sie noch vor Geschäftsschluss im NW-Zentrum sein könnte. An der Paquetstraße stieg sie tatsächlich mit aus – er war überrascht. Die 200 Meter bis zur Halle reichten, um sich vorzustellen. Sie nannte nur ihren Vornamen, Katrin, und nachdem er seinen Namen genannt hatte, sagte er:

„Wenn jemand mit mir eine Sporthalle betritt, ist das ‚Du' fällig. Es gibt natürlich Ausnahmen – was ist mit Du-Sie?"

Sie lachte und sagte nur „DU".

Volker machte sie noch darauf aufmerksam, dass man ihn nach einer anderen Frau fragen könnte. Sie lachte laut auf und sagte: „Du scheinst ja einen ziemlichen Verschleiß zu haben!" Ein Blick in sein Gesicht ließ sie den Satz nicht fortsetzen.

Er sagte nur – schon wieder lächelnd: „Alles halb so wild. Die, die uns kennen, wissen, die Geschichte ist vorbei."

An der Kasse wollte er sie vorbei lotsen, doch sie bestand darauf, den Einritt zu bezahlen.

Er begrüßte die Mädels am Stand und stellte Katrin dabei vor. Es fiel kein anzügliches Wort – alles schien bestens. Sie folgte ihm in die Halle, die Spielerinnen und Spieler beider Teams waren beim Aufwärmen.

Verblüfft schaute Katrin ihn an: „Das sind ja gemischte Mannschaften – Damen und Herren in einem TEAM!" und zögernd hängte sie die Frage an: „Haben die auch getrennte Duschen?"

Volker sah sie ernst an und sagte: „Natürlich! Was denkst Du denn: Die Münchner Mädels und Jungs duschen in der einen, die Frankfurter in der anderen!" Mit missbilligendem Ton fügte er an: „Wir lassen doch Bayern und Hessen nicht in eine Dusche!!!" Sie schaute ihn skeptisch an – ihm war es egal: er hatte die Wahrheit gesagt.

Das Spiel begeisterte sie, obwohl ihr Lieblingsspieler (sie hatte gesehen, wie er das T-Shirt gegen das Trainingstrikot tauschte und seinen Oberkörper bewundert) einen schwachen Tag erwischt hatte – zum Glück war es ein Münchner.

Zur Halbzeitpause passierte es dann: Volker konnte nicht aufstehen. Der Parkinson hatte ihn im Griff – mit ihrer Hilfe kam er auf die Beine. Er nahm seinen Rollator, schaffte es gerade noch auf die Toilette.

Als er in die Halle zurück kam, war sie nicht zu sehen. Volker fühlte, wie sein Herz schneller schlug. Hätte er die ganze Geschichte mit der Beichte: ‚Ich bin ein PARKY!' beginnen sollen?

Er ging raus an die Theke, da saß Katrin mit Bäumchen und Altstadt vom Kampfgericht an einem Tisch – mit zwei Tassen Kaffee und zwei Stück Kuchen. Sie hatte für ihn mitbestellt. Er nannte sich insgeheim einen Spinner, trat an den Tisch und sagte zu ihr:

„Die beiden Rollifahrer lügen wie gedruckt – alles, was sie über mich gesagt haben – LÜGE!!"

Sie schaute Altstadt an und sagte lachend: „Was Sie über ihn erzählst hast, klang auch zu positiv!"

In der zweiten Halbzeit erzählte er ihr von seiner Krankheit – und machte auch keinen Hehl daraus, dass er seinen Kopf auch mal tiefer tragen könnte.

Zehn Minuten vor dem Ende des Spiels meinte Volker: „Um Dich nachher vollwertig unterstützen zu können, lege ich mich jetzt auf die Matte. Ich habe schon meine heftigste Dope genommen – kommst Du mit?"

Sie nickte und begleitete ihn zu den großen Matten, die normalerweise an der Wand festgeschnallt waren.

Er legte sich seitlich, damit er noch das Spiel beobachten konnte.

Katrin zog zum ersten Mal ihren Mantel aus und er stellte fest – diese Augen unter dem Pullover machten neugierig.

Sie legte sich hinter ihn, er spürte ihren Busen an seinem Rücken. Als er leicht zu ihr rutschte, hörte er leise: "Nicht!"

Sie legte ihre Hände auf seinen Rücken und begann, ihn sanft zu massieren.

„Mein Vater hatte Parkinson. Wie weit bist Du denn?"

Volker zögerte einen Moment – dann sagte er:

„Ziemlich weit – aber es kann noch schlimmer werden.

Ich hatte diese Freundin, wir haben die Nächte nicht miteinander verbracht. Bis zum Einschlafen haben wir alles miteinander getrieben, alles!" betonte er noch mal, um dann zu revidieren: "Fast alles."

Während das Spiel weiterlief, lagen sie schweigend auf der Matte.

Volker ertrug das Schweigen nicht mehr und erzählte ihr:

„Wir haben in ihrem Bett gelegen, doch wenn der Schlaf kam – ich bin ins Wohnzimmer gegangen. Ich habe seit zwei . drei Jahre die Unart, nachts um mich zu schlagen und zu treten."

Ihre Massage wurde etwas fester, sie hatte seinen Nacken entdeckt.

Wie unter einem Zwang fuhr er fort: "Morgens kam sie zu mir ins Wohnzimmer. Ich ließ mich wecken – auch wenn ich schon wach war. Deine Hände erinnern mich daran. Auf sehr liebe Weise – und mir ist jetzt besonders bewusst, dass ich fast fünf Monate schon wieder ohne…" Er stockte, erst zwei Stunden kannten sie sich – wieso erzählte er das alles?!

Katrin bemerkte sein Zögern und mit einem sanften Druck auf seinen Nacken fragte sie: "Geht's wieder?"

Sie verließen die Matte und er machte sich noch ein paar Notizen. Das Spiel endete mit dem erwarteten Frankfurter Sieg.

Er fragte sie: „Wollen wir noch was trinken – ruft das NW-Zentrum?"

Sie schaute ihn an, nahm seine Hand.

Leise sagte sie: „Du bist ein sehr, sehr lieber Mensch – glaube ich. Wir sollten offen sein, Du hast es schon vorgemacht.

Mein Vater war irgendwann soweit, dass die Nachtente – Du kennst die Pinkelflasche doch auch – zu seinem Nachtbegleiter wurde. Seine Sprache – alles wurde unverständlich und das Geschriebene war nicht zu lesen. Und es gibt noch einige andere Dinge, die Du…, ach was, Du kennst es. Ich will Dir nichts vormachen. Gib mir Zeit, ich bin nicht so schnell."

Ihre Lippen legten sich auf seine, der Mund blieb zu, er kannte diese Küsse – wollte aber nicht vergleichen.

Sie ging die ganze Halle entlang, drehte sich an der Tür um. Er sah sie mit ernstem Gesicht an. Sie lächelte ihm zu – es sah traurig aus.

Sah sie seine Enttäuschung?

Als er sich umdrehte, stand Altstadt vor ihm.

Er hatte die Situation nicht richtig eingeschätzt, und er sagte mit ernstem Gesicht zu ihm: „Wo hast du denn diese Frau aufgetan? Die scheint eine Nummer zu groß für Dich zu sein. Schon auf dem absteigenden Ast, weil sie nicht am ersten Tag mit Dir in die Kiste hüppt?" Er schüttelte den Kopf und sprach weiter: "Wenn Du weißt, wo sie hingeht – nix wie hinner her, du Glückspilz!"

Damit drehte er den Rollstuhl und fuhr zurück, um die Gerätschaften am Kampfgericht abzubauen.

Volker erwachte aus seiner Lethargie und Traurigkeit.

Sein Ex-Spieler – er hatte die Mannschaft früher mal trainiert – hatte ihn wachgerüttelt. Diese Frau war ein Glücksfall. Noch nie war er mit so offenem Herzen einem Menschen begegnet. Als er die Halle verließ, sah er den Bus 64 Richtung Ginnheim vorbeifahren. Es gab für ihn die Möglichkeit, in die Cafeteria zurück zu gehen oder zu warten.

Ihm stand nicht der Sinn nach Gesellschaft – zu sehr war er von diesem Gefühl der Hoffnung erfüllt.

Wenn da nicht die zu Ende gegangene Geschichte wäre – aber seit einem halben Jahr waren die Fronten geklärt – das Wort Liebe wollte nicht mehr über seine und ihre Lippen. In ihm lebte immer noch reichlich Sehnsucht nach – ja, Zärtlichkeit?! Was ist mit der Person, dem Menschen? War da wirklich noch was?

Es ging wie ein Ruck durch seinen Körper: Nicht solche Überlegungen jetzt!

Ihm fiel ein Spruch ein: Wer spekuliert – der verliert.

Zaudere nicht – Just do it.

Sie war fast eine Stunde vor ihm im Zentrum, und er konnte sich nicht vorstellen, dass ihr nach einem Bummel zumute war. Im NW-Zentrum mit den über 150 Geschäften hatte er keine Chance, sie zu finden. Er setzte sich auf seinen Rollator – und wartete am Bahnsteig.

In der dritten U-Bahn saß sie vorne im ersten Abteil. Sie kam langsam aus der Tür und sagte lächelnd: „Ich habe damit gerechnet – so hätte ich es getan." Sie stellte sich ihm gegenüber, er blieb auf dem Rollator sitzen.

Sie fragte ihn mit gespielt unsicherer Stimme: „Das ‚Du' aus der Sporthalle – gilt das auch auf Bahnhöfen?"

Mit ernster Miene erklärte er: „Natürlich nicht – das muss erneuert werden in der Dir sicher noch bekannten Art."

„Dusseliger Kerl!"

Er stand vom Rollator auf: „Doofe Göre!"

Behutsam legte er die Arme um ihre Schultern, zog sie an sich und gab ihr einen Kuss. Lange hielten sie sich umschlungen. Ihr Körper entspannte sich, wurde ganz anschmiegsam.

„Wir müssen nicht alles am ersten Tag hinter uns bringen," flüsterte sie „und jetzt lass uns essen gehen."

Sie fuhren mit ‚IHRER' 64, mussten umsteigen, um in Sachsenhausen in einem kleinen griechischen Restaurant einzukehren. Katrin wurde vom Chef persönlich begrüßt. Mit einem gespielt ärgerlichen Ton und einem misstrauischen Gesichtsausdruck fragte er Katrin: „Du wirst mir untreu?"

„Ich weiß noch nicht, kommt drauf an, wie Volker sich anstellt. Genauso wichtig: wenn Du nicht vernünftig kochst – ist es wieder aus zwischen uns."

Das war die Katrin der ersten Minute unserer Begegnung. Ich lachte sie an, gab ihr auf dem Weg zum Tisch einen Kuss auf die Wange.

Der Grieche rief ihnen nach: „Darauf würde ich mir nix einbilden, das darf ich schon tausend Jahre; aber dann...!" und er verschwand lachend in der Küche.

Sie sprachen so vertraut, als wären sie schon Jahre zusammen.

Das Essen kam, sie bestellte noch zwei Wein – er dazu eine Flasche Wasser. Das Essen war gut – die Drohung von Katrin hatte den Koch bewogen, wirklich gutes Lammfleisch zu verwenden.

Katrin schaute ihm sehr ernst in die Augen und sagte leise: "Ich will es heute wissen, ich kann nicht warten. Du wirst es vielleicht später verstehen."

„Bestell den Wein ab – und das Wasser – lass uns gehen!"

Katrin sprang auf, lief zur Theke, und als er mit Stock und den Jacken nach vorne kam, hatte sie alles geregelt. Das war für den Griechen offensichtlich eine neue Situation.

Katrin nahm Volkers Arm und zog ihn aus dem Lokal. Er wollte etwas sagen, doch sie legte ihm den Finger auf den Mund – „Das Taxi kommt gleich – und wir stellen uns vor, ein Schweigegelübde abgelegt zu haben!"

Volker erkannte eine fast schon bedrohliche Spannung an ihr – besser wohl in ihr – und blieb bis zur Ankunft des Taxis stumm.

Bis zu ihrer Wohnung waren es nur ein paar Minuten. Sie stieg aus und sagte zu ihm : „Mach Du das mit dem Taxi klar und lass mir ein paar Minuten – na, sagen wir: Vorsprung – zum Spurenverwischen. Du wirst nicht lange warten müssen – schau auf das Fenster, wenn da das Licht angeht, ist die Tür offen."

Es dauerte nicht einmal fünf Minuten.

Er ging in die Wohnung, wandte sich nach rechts und stand im Wohnzimmer.

Sie stand an einem Schrank, hielt ein Glas in der Hand und fragte „Scotch oder Irish Whisky?"

„Ich muss Dich nicht schön trinken. Du gefällst mir wirklich."

Sie lächelte, stellte die leeren Gläser auf das Schränkchen kam langsam auf ihn zu.

Volker sah in ihren Augen ein Begehren, das ihn fast erschreckte, aber die Gedanken an die Vergangenheit ließ er nicht zu.

Er nahm sie in die Arme.

„Jetzt müsste ich dich irgend wohin tragen!"

Sie schaute ihn an, nahm ihn an die Hand und führte ihn zu einer Couch.

Die Kissen lagen an der Seite. Langsam setzte sie sich hin, seine Augen ließen ihre los. Er setzte sich neben sie, nahm ihren Kopf in beide Hände und küsste sie auf den Mund.

Diesmal öffneten sich ihre Lippen. Seine Hände machten sich auf die Reise über ihren Körper. Der Rücken war sein erstes Ziel – die Bluse wurde erst ein wenig hochgeschoben – und nach ein paar Minuten lag sie auf den Polstern. Mit der linken Hand öffnete er ihren BH.

Eine Hand spürte er an seiner Gürtelschnalle. Sanft schob er sie zur Seite, sagte leise: „Ich fänd' es schöner, wenn ich mich erst um Deine Sehnsucht kümmern könnte."

Katrin zog den BH ganz aus, drehte sich zur Seite und flüsterte: „Wie alt war..." – er verschloss ihre Lippen mit seinen.

„Du bist besser ganz still – bleib im Jetzt, konzentriere Dich auf Deine Lust, Du sollst heute Nacht singen." Er zögerte, doch dann fuhr er fort: "Was ich als Singen bezeichne, sind Deine orgiastischen Töne."

Sie lächelte ihn an und sagt: „Das ist nur selten gelungen – also vergiss die Illusionen." – „Wenn Du es Dir selbst machst – klappt's dann immer?"

Sie sah ihn unsicher an: „Du glaubst doch nicht, dass ich vor Dir…"

Volker sah sie an mit liebevollen Augen:

„Du hast jetzt Sprechverbot, das nächste Geräusch soll von alleine kommen."

Langsam zog er sie ganz aus, küsste ihre Brüste, streichelte die Warzen, und als er spürte, dass sie heftigere Impulse brauchte, biss er leicht zu. Ein leichtes Knurren kam von ihren Lippen. Seine Hand wanderte nach unten, blieb aber auf dem Hügel liegen

Volker nahm die Hand, legte sie auf ihre Brust. „Zeig mir, wie du es gerne hast – und ich mach es an der anderen."

Er ließ sich von Ihr führen – liebkoste den ganzen Körper.

Ihre freie Hand zog kräftig an ihrer Brust,

Leise fragte „Wenn Du drei Hände hättest – wo sollten die dritte sein?" An der anderen Brust – aber fest!" Und sie sprach schon etwas lauter: „Mit der anderen Hannd knete meinen Nacken – oder meinen Po ...!" Ihre Stimme war immer lauter geworden - plötzlich hielt sie die Luft an,

Es war schön, sie anzuschauen, zu sehen, das er erreichte, was er für Katrin wollte. Die Spannung löste sich – ihr Körper bäumte sich auf, er dämpfte ihre Schreie mit einem langen Kuss.

Nach diesem intensiven Spiel, sah Volker in ein junges, schönes Gesicht, der Mund einen Spalt geöffnet, die Zungenspitze benetzte die Lippen – sie glänzten wie frisch nachgezogen. Am schönsten fand er die Augen – dieser Glanz war unbeschreiblich.

Um ihren Mund spielte ein Lächeln. Leise fragte sie: „Und Du?"

Volker schob ein Lid nach oben, antwortete: „Um mich mach dir keine Sorgen. Ich genieße es, Dich so zu sehen und zu hören. Ich hole mir noch genug von Dir. Jetzt muss ich erstmal auf die Toilette."

Volker rutschte an den Couchrand, versuchte aufzustehen. Katrin beobachtete ihn.

Beim vierten oder fünften Versuch stand er endlich. Katrin sagte ihm, wo er die Toilette finden würde.

An der Toilettentür ereilte ihn das Freezing – seine Beine waren „festgefroren", er konnte die Füße nicht mehr heben . Alle Tricks halfen nicht, doch dann schaffte er es irgendwie, die Schwelle zu überschreiten.

Die nächsten zwei Schritte waren zu viel.. Ersten Pinkelschübe kamen – er hatte keine Chance. Als er an der Schüssel stand, war seine Unterhose völlig nass. Die Jeans hatten einen großen Rand.

Volker zog beide Hosen aus. Mit einem Handtuch wusch er sich notdürftig ab. Er wollte eine Dusche , doch die Tür ging auf – Katrin!

Sie schwiegen einige Sekunden. Als er etwas zur Erklärung sagen wollte, hielt sie den Zeigefinger auf den Mund.

Nach einer Weile sagte sie nur:

„Es war nicht mein Vater, der Parkinson hatte – es war mein Mann. Er ist vor einem Jahr gestorben. Ich wollte heute probieren, ob ich es noch aushalte. Noch einmal alles erleben bis kurz vor der Demenz."

Volker sah die Tränen, es war ein lautloses Weinen. Er wollte etwas sagen, etwas tun – er stand hilflos vor ihr, konnte die Tränen nicht verhindern.

Sie hatte sich nicht angezogen.

„Wir kennen uns ungefähr 12 Stunden, Du hast mich befriedigt auf eine Art, die mir neu war. Ich werde wohl lange davon zehren müssen.

Es ist jetzt 1 Uhr, schlaf im Wohnzimmer – eine Ente steht neben der Couch." Sie trat einen Schritt auf ihn zu, küsste ihn auf die Wange und ging aus dem Zimmer. Er duschte sich, wusch alle Spuren weg – aber das Geschehene war nicht zu reparieren.

Volker legte sich auf die Couch, an Schlaf war nicht zu denken. Irgendwo im Hause duschte jemand...

Nachdem das Geräusch nicht mehr zu hören war, sah er, dass die Tür leise geöffnet wurde. Katrin schlüpfte unter die Decke. Sie schmiegte sich an ihn, flüsterte:

„Versuchen wir es?"

Er nickte. Seine Hände wurden wieder aktiv.

Sie ließ sich an die Schwelle führen, legte sich auf ihn. Mit zärtlicher Stimme flüsterte sie: „Ich habe den Himmel gefühlt – Dich will ich auch erleben."

Volker hatte einige Monate nicht mehr mit einer Frau geschlafen. Er genoss dieses seidige Gefühl in ihr– die Wärme.. Katrin wurde lauter, es war als feuerte sie ihn an.

„Komm, Lieber, ich will Dein Zucken, das Klopfen in mir spüren. Nimm mich, genieße, ja, komm....."

Er fand ihren Mund, und mit den Küssen dämpfte er sein ekstatisches Stöhnen. Erschöpft lag er in ihren Armen, glaubte, noch nie mit dieser Intensität mit einer Frau geschlafen zu haben.

Er musste lächeln – genau dieses Zeugnis hat er auch der Vorgängerin gegeben. Vielleicht ist das ein Gefühl, das mit steigendem Alter erst richtig erlebt und genossen werden kann. Sie nahm seinen Kopf zwischen beide Hände, schaute ihn an und sagte: „Das war für uns eine schöne Reise. Ich gehe jetzt in mein Schlafzimmer, und Du kommst mich dann irgendwann wecken. Mal sehen, was mit Dir im Schlafzimmer los ist. Im Gästezimmer…!" Sie gab ihm einen langen Kuss.

Volker erwachte, die Wohnungstür war leise ins Schloss gefallen. Vor seiner Couch lag ein Brief. Er stand auf, begnügte sich mit einer Katzenwäsche. Den Brief nahm er mit, die nächste S-Bahnstation war der Lokalbahnhof. In der S-Bahn öffnete er den Brief. Den Schluss las er mehrmals: „Vielleicht ruf ich Dich bald an – oder wir treffen uns beim Basketball".

Das nächste Heimspiel war in 14 Tagen.

Daniel lernte ich in der Nordwest-Klinik Frankfurt kennen.
Er hat MS, Diese Bekanntschaft war intensiv, fand aber ein
unrühmliches Ende für mich. Ich bin auf der Suche nach
ihm – um mein Verhalten zu korrigieren.

Daniel E. – Mitte 30
MS

Fast zwei Meter bist Du groß,
knapp 90 Kilo Dein Gewicht,
deine Haut ist faltenlos.
Jungenhaft auch Dein Gesicht.
Etwas ist jedoch geschehen,
das lässt Dich sehr oft traurig sein.
Die MS lässt Dich nicht gehen –
sie macht Dich Riesen häufig klein.

Dein Los ist ohne Zweifel schwer,
kein Mensch will diese Last gern tragen.
Doch ist Dein Leben öd und leer?
Trau Dich, einfach NEIN zu sagen!
Solang Du Menschen um Dich hast,
mit denen Du ganz fröhlich lachst,
und Du nicht einen Spaß verpasst,
Dir auch mit Malen Freude machst,

So lang Dein Wille weiter lebt,
und Du nicht mutlos resignierst,
das Kämpfen über allem schwebt,
und Du den Glauben nicht verlierst,
so lange Dich die Neugier packt,
wo Dich die Zukunft noch treibt hin –
so lange wird nicht abgewrackt:
so lange hat Dein Leben Sinn.

Daniel II
MS
Gedanken, die den Schlaf vertreiben
zu bannen auf ein Stück Papier –
wie sinnvoll ist wohl so ein Treiben?
Ich weiß es nicht – doch hilft es mir.

So ist mir jetzt die Angst genommen,
in einer langen Sommernacht
mit einer Lage klarzukommen,
die mir die Seele schwer gemacht.

Ich teilte seit nicht mal drei Tagen
mit einem Mann das Krankenzimmer.
Er könnte sich weiß Gott beklagen,
es ging ihm nämlich täglich schlimmer.

Wir haben uns oft unterhalten,
er wirkte froh und musste lachen.
Um seine Augen kleine Falten,
die ihn mir sympathisch machen.

Er kannte nur noch Zimmerwände –
und das muss bei Gott nicht sein.
Wir fuhren lachend durch's Gelände
mit Rollstuhl über Stock und Stein.

Alles klingt so positiv –
weshalb die Sorge, die mich drückte?
Ich fürchtete, dass ich was rief,
das auch schon Größeren missglückte.

„Besuchst Du mich auch mal zu Hause?"
Er schaute mich verlegen an.
Ich ließ mir eine kleine Pause,
dann sagte ich: „Nur, wenn ich kann!

Ich habe selbst – Du weißt es schon –
als ständigen Begleiter
den widerlichen Parkinson,
und der wächst in mir weiter.

Für meine Kinder brauch' ich Zeit,
auch Freundschaft muss man pflegen,
aus dem Grund bin ich nicht bereit,
mich ganz verbindlich festzulegen."

Er hat das alles eingesehen,
und ich habe mich entschieden,
mit Wehmut – muss ich klar gestehen –
ein Wiederseh'n hab ich vermieden.

Mein Umfeld konnt' es nicht verstehen
es passte nicht – war einfach fremd.
Als Halbgott hat er mich gesehen,
und das hat mich doch sehr gehemmt.

Ich konnte ihm in diesen Tagen,
etwas wirklich Neues schenken:
den Glauben, man kann „ES" ertragen,
es hilft meist positives Denken.

Doch war ich damals nicht so stark
da passte eher ‚Angst und Bange'.
Was ich nach außen gut verbarg,
ich fragte mich: wie lange?

Den Glauben wieder zu ersetzen
durch die Angst und Depression,
würde ihn noch mehr verletzen
als die geplatzte Illusion.

Wir sind zwar als Kranke im Wartestand belastet mit dieser Diagnose, aber das verbietet uns nicht, Beziehungen aufzubauen. Wenn die Liebe endet, tauchen Fragen auf

GEDANKENMÜHLE

WENN DEIN KOPF BEI TAG UND NACHT
IMMER AN DIE GLEICHE DENKT,
WENN VERLANGEN – TIEFE SEHNSUCHT –
DEINEN KÖRPER GANZ BEHERRSCHT
WENN DU JEDE FRAU SOFORT
MIT DER ANDEREN VERGLEICHST
UND IHR DAMIT JEDEN WEG
ZU DEINEM HERZEN STEINIG MACHST –
– IST DAS LIEBE?

WENN DU WEIßT, DU BIST ES NICHT,
DER IHR ALL DAS BIETEN KANN,
WAS DU IHR VON HERZEN GÖNNST –
WENN DIE ROLLE NUR NOCH KLEIN IST,
DIE DIR ZU SPIELEN ÜBRIG BLEIBT –
WENN DU DICH DAMIT BESCHEIDEST,
NICHT IM RAMPENLICHT ZU STEHEN –
IRGENDWO IN DER KULISSE –
– – KANN DAS LIEBE SEIN?

WENN DIE KRANKHEIT DICH IM GRIFF HAT,
PLANUNGEN ZUNICHTE MACHT,
ANDRE MÄNNER IHR NUN GEBEN,
WAS DU IMMER GEBEN WOLLTEST,
UND DU DAS ERTRAGEN KANNST –
DU IHR ALLES SCHÖNE WÜNSCHST.
WENN DU DICH FREUST, DASS SIE DIE LUST
UNBESCHWERT GENIESSEN KANN –
– – – DAS MUSS LIEBE SEIN!

Warum schreibt man eigentlich? Mir hatte mein Hausarzt das Schreiben quasi verordnet – als ich parkinsontypische Depressionen hatte und beruflich am Ende war. Ich komme noch drauf zurück. Ein Grund könnte aber auch sein:

Halb Vier!

Verstehe einer solche Nacht!
Ich lege mich sehr müde hin
und plötzlich bin ich doch hellwach.
Da frag' ich mich: wo ist der Sinn?

Statt kuschelig in Morpheus' Armen
zu liegen und mich schön zu schlafen,
kennt irgendetwas kein Erbarmen
und treibt mich an – um mich zu strafen?

Der Schreiber weiß oft selber nicht,
was ihn letztendlich dazu zwingt,
des Nachts zu schreiben ein Gedicht,
obwohl es ihm doch gar nichts bringt.

Es bringt nicht Ruhm und auch kein Geld.
Vergeudet er nicht nur die Zeit?
Und doch wird sein Gemüt erhellt
durch innere Zufriedenheit.

Nach kurzer Zeit ist es entstanden,
was vorher noch nie da gewesen,
einfach nirgends war vorhanden,
niemand hat es je gelesen.

Daraus wächst ein kleines Glück.
Ich schick es meinen Liebsten zu,
geh lächelnd in mein Bett zurück,
und schlafe jetzt in tiefer Ruh.

Parkinson ist nach der Diagnose ein hartes Stück Brot gewesen. Im ersten Moment – das kann auch nach dem zehnten Moment gewesen sein – waren Gedanken an Liebe und Partnerschaft nicht mehr realistisch. Ich bemühte mich nicht mehr um eine Partnerschaft - dann passierte es.
Sie begegneten ihm zufällig bei einem Sportfest - bei beiden flatterten die Schmetterlinge im Bauch, doch er, 30 Jahre älter, wusste, wie „man(n)" damit umgeht..
Oder`?

VISION

Du kommst zu mir, ich nehme Dich
ganz unbefangen in den Arm.
Du fühlst die Nähe, Du drückst mich,
uns wird dabei ganz wohlig warm.

Wir setzen uns und Du erzählst
mir von Deinen ganzen Sorgen,
falls Du Dich grad mit etwas quälst,
und nichts bleibt dabei verborgen.

Es wird kein Thema ausgelassen,
wir sind voll Freundschaft und Vertrauen.
Wir brauchen auf nichts aufzupassen,
wir können sicher darauf bauen:

Jeder lebt in eignen Räumen –
Heimlichkeiten gibt es nicht.
Ich glaub, dass viele davon träumen,
doch fürchten sie – die Freundschaft bricht.

Dir wird recht bald der Mann begegnen,
der Dich liebt und zu dir passt.
Und Gott wird diese Liebe segnen,
wenn Du sie erst gefunden hast.

ABER ES KAM ANDERS

Ü - 60
– oder der Traum vom Fliegen

Früher habe ich geglaubt,
mit 60 hat's ein Ende,
mit dem, was oft die Ruh geraubt.
Durch Dich kam dann die Wende.

Ich übte mich bereits im Liegen,
der Friedhof wurde mir vertraut,
dann wecktest Du den Traum vom Fliegen –
und ich? Ich hab' mich nicht getraut!

Ein Blick aus Deinen schönen Augen
versprach mir allerhöchstes Glück.
Ich zweifelte, dafür zu taugen –
Doch Du gabst mir den Mut zurück!

Und als ich dann erneut entdeckte
den Geschmack von wilder Lust,
der in den Lenden etwas weckte,
von dem ich fast nichts mehr gewusst,

da war es doch um mich geschehen.
Das Leben kam zu mir zurück.
Mit neuem Mut kann ich gestehen:
Du bist für mich das pure Glück.

... und die Folgen
Wenn man sich von einem lieben Menschen trennt,
bleibt meistens etwas hängen ...

LAUTER FRAGEN

WAS ZIEHT MICH HIN ZU DIESER FRAU?
WAS MACHT SIE SO BEGEHRENSWERT?
ICH WEIß ES SELBST NICHT SO GENAU –
MIR IST DER DURCHBLICK NOCH VERWEHRT.

IST ES IHRE SCHÖNE BRUST?
IST ES EINFACH DIESER LEIB?
IST ES ETWA PURE LUST?
DIE MICH FESSELT AN DEM WEIB?

SIND'S DIE LIPPEN, DIE ZU KÜSSEN
MICH FAST IN EKSTASE BRINGT?
DAS GEFÜHL, DAS TUN ZU MÜSSEN,
DASS SIE VOR LUST SICHTBAR ZERSPRINGT?

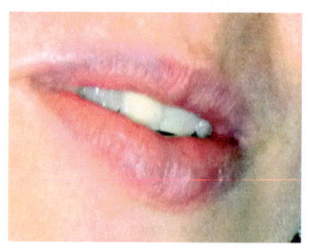

IST ES NICHTS VON DEM GENANNTEN –
SONDERN DIE VERBORG'NE MACHT,
DIE – VERSTECKT IM UNBEKANNTEN –
DEN MANN UM DEN VERSTAND GEBRACHT?

WER GIBT MIR AUF DIESE FRAGEN
EINE ANTWORT, DIE GEFÄLLT?
KANN ICH DIE WAHRHEIT AUCH VERTRAGEN,
WENN SIE NICHT PASST IN MEINE WELT?

Dann zur Beruhigung, und bevor ich etwas mehr von mir berichte, noch eine Geschichte, die sich mit diesem Thema befasst.

ELISABETH

Der ältere Herr schaute mit entspannter Miene einigen Kindern beim Fußballspiel zu. Ab und zu huschte ein Lächeln um seine Mundwinkel, ein Lächeln, das nicht zu dem Geschehen auf der Fußballwiese passte, denn die Kinder stritten unaufhörlich.

Tatsächlich bekam der Mann nichts davon mit, denn seine Aufmerksamkeit galt einem Paar, das auf einer Bank gegenüber saß. Die beiden waren offensichtlich verliebt; ihre Augen verrieten es; diese Blicke waren es, die das Lächeln bei dem Mann hervorriefen. Lange kannten die zwei sich noch nicht, die Liebe war wohl erst kürzlich erwacht. Seine Gedanken wanderten in die Vergangenheit – vierzig Jahre zurück.

Bei einer Hochzeit wurde dem damals über Zwanzigjährigen eine Tischdame zugewiesen, die eigentlich mit fünfzehn Jahren nicht ernsthaft zu ihm zu passen schien. Beide waren ohne Partner – das Brautpaar machte sich einen Spaß daraus, sie zusammenzubringen. Niemand konnte ahnen, dass die erste Liebe in dem Mädchen und dem jungen Mann aus dieser Zufälligkeit erwachte. Schon bei der Vorstellung blickten sie sich länger in die Augen als üblich. Er fühlte wieder dieses Kribbeln in der Magengegend, den plötzlich trockenen Mund.

Ihre Lippen wurden spröde, und eine leichte Röte überzog ihr Gesicht. Er sah es, doch die Fröhlichkeit der anderen Gäste ließ ein traumverlorenes Versinken nicht zu.

Der ältere Herr hatte bei seiner Reise in die Vergangenheit das Paar gegenüber nicht aufgegeben, wurde jetzt jedoch in die Wirklichkeit geholt. Die beiden erhoben sich und gingen zum Ausgang des Parks.

Zögernd stand er auf, schimpfte gedanklich, nannte sich selbst Voyeur, doch mit einigem Abstand folgte er den Verliebten. Er fragte sich, was ihn an den beiden so sehr interessierte: wie sie sich in der Stadt benahmen – oder war es Neid, der ihm zusetzte? Damals, bei seiner ersten Liebe, war er nicht stark genug, das zarte Pflänzchen ‚Liebe' zu umsorgen und neben ihr zu stehen, um Halt zu geben, wo es noch nötig war. Er ließ die Gefühle, das Herzklopfen und das unschuldige Sehnen verkümmern. Räumliche Trennung tat ihr Übriges, um die Verbindung zu lösen.

Sein Interesse galt dem Mann vor sich, er war neugierig zu sehen, ob er in der Öffentlichkeit mit seiner nicht alltäglichen Liebe umgehen konnte. Würde er die Kraft haben, zu seiner ungleichen Partnerin – und zu seiner Liebe – zu stehen?

In einem Eiscafé setzten sich die Verliebten auf die Terrasse, ihr unerkannter Verfolger nahm am Nachbartisch platz.

Die Beiden sprachen so leise miteinander, dass der Lauscher kaum etwas mitbekam.

Es war ihm nicht wichtig, was gesprochen wurde, er war nicht wirklich interessiert.   Wie das Paar miteinander umging – das wollte er erleben.

Einige Worte konnte er verstehen, erfuhr so, dass der Mann Parkinson hatte.

Der Frau war ihre Verliebtheit anzusehen, sie machte keinen Hehl daraus. Ihre Blicke versanken in den Augen des Mannes, und dieser hielt diesen Blicken stand, erwiderte sie mit gleichem Glanz. Langsam wanderten die Hände über den Tisch, bis sich die Finger berührten. Der Nachbar bewunderte die beiden, die sich über einen erkennbaren Altersunterschied von – er schätzte – dreißig Jahren hinwegsetzten.   Sie ließen sich auch nicht stören von dem Mann am Nebentisch, der mit feuchten Augen aufstand, traurig wirkte. Traurig war er aber nur, weil ihm vor ewig langer Zeit die Kraft gefehlt hatte, sieben Jahre zu akzeptieren. Er lächelte dem Mann wehmütig zu, der nun die Finger seiner Begleiterin mit der ganzen Hand bedeckte. Die Augen des Mannes waren etwas ratlos – sie waren wohl im gleichen Alter – doch dann erkannte er den Grund des Lächelns und er lächelte zurück.

Die Frau sah ihre Blicke, fragte leise: „Kennst Du ihn?" – „Nein, Elisabeth, aber ich glaube - ich verstehe ihn."

Ohne noch einmal zurückzuschauen, verließ der Mann das Eis-Café. Er war tief berührt von dem Verständnis, das er in den Augen des Anderen gesehen hatte.

‚Sah man ihm seine Einsamkeit an?' Er dachte an alte Freundschaften, rief sich die Gründe in Erinnerung, weshalb seine Beziehungen gescheitert waren. Der Andere – wo sollte es besser passen als hier? – hat offenbar Kinder, wie aus den aufgeschnappten Gesprächsfetzen zu entnehmen war. Der Mann fühlte sich nicht wohl bei dem Gedanken, dass er auf dieses Glück verzichtet hatte. War es ein Glück – auch jetzt noch, mit einer geliebten Frau, in diesem Alter? Die Kinder sind wohl etwa in Sabeths Alter; ihre Begeisterung über diese Situation wird sich in Grenzen halten.

Sabeth – der Name ließ ihn nicht mehr los. Eine aparte Erscheinung, eine nette Stimme und reine Natürlichkeit. Ob ihr Freund verheiratet ist, nur zu Stippvisiten bei ihr auftaucht? Sind ihre Nächte so leer wie seine?

Ohne es zu bemerken, war er in den Park zurück gegangen; er setzte sich auf „ihren" Platz.

Sein Herz schlug lauter, eine leichte Trockenheit im Mund erinnerte ihn an damals. War er verliebt – in eine Fremde? Der Andere machte einen netten Eindruck, aber er ging mit Stock. Das Wort ‚Parkinson' hatte er gehört. Zittern hatte er aber bei seinem Alterskollegen nicht bemerkt.

Seine Figur ließ nicht auf einen Waschbrett – eher auf einen Waschbärbauch schließen. Was hatte er, dass eine Frau wie Sabeth ihm ihre Liebe schenkte?

Etwas amüsiert stellte er fest – er hatte Feuer gefangen, und er war eifersüchtig. Die Frau müsste aus dieser Gegend sein, denn wenn der Mann verheiratet ist, wird er nicht in ‚seinem Revier' Händchen streicheln. Ergo – der

Mann stand entschlossen auf und eilte zum Eis-Café. Warum sollte er kampflos aufgeben?

‚Sabeth ist es wert, alles zu versuchen.' Er war noch unentschlossen, mit welchem Vorwand er an den Tisch der Beiden treten und...

Das Café war geschlossen. Er hatte zu lange gewartet, zu lange geträumt.

Ein Ring legte sich um seine Brust, erschwerte das Atmen.

Der Mann ging nach Hause, sein Gang war nicht mehr voller Schwung, eher schleppend. Als er die Wohnung betrat, empfing ihn Stille.

So laut war sie noch nie.

Das Schlafzimmer, das er zum Umziehen betrat, bedrückte ihn; die Leere war greifbar. Vor dem großen Spiegel sah er sich lange an: er verglich in Gedanken – die Hoffnung kehrte zurück. Er musste SIE nur finden – ‚seine' ELISABETH!

Parky - bist Du das?

Eine Nacht fast ohne Schlaf -
es waren gerade mal zwei Stunden -
habe ich grade hinter mir -
Müdigkeit nicht überwunden.

Soviel wäre heut´ zu tun ,
manches liegt sogar seit Tagen.
Mir geht gar nichts von der Hand
und ich muss mich langsam fragen:

Parkinson, führst du mich jetzt
wirklich richtig hinter´s Licht?
Was bisher mit mir geschah
war schon schlimm aus meiner Sicht.

Wenn der Körper nicht recht will,
der Verstand ihn noch regiert
kann ich dich grad so ertragen,
doch was jetzt mit mir passiert ….

Eine Stunde ist vergangen,
und ich lese das nun wieder
eine Stunde nur gelegen:
Parky – du bist mir zuwider.

Du wirst mich noch nicht besiegen –
Dafür reicht nicht deine Kraft,
was zu tun ist, wird getan
etwas hab´ ich schon geschafft.

Das hab ich mir heut geschworen.
Und das werde ich erreichen:
Schick mir ruhig Depressionen,
denn sie werden von mir weichen.

Den Kampf hab ich schon mal gewonnen,
und ich siege noch einmal.
schick sie los die Nachtgestalten
ich wart` auf sie mit Kreuz und Pfahl

Auch der gerade genannte Parky konnte nicht verhindern, das eine Beziehung ein paar Jahre hielt .- dann aber aus vielen Gründen scheiterte.
Die Trennung erfolgte nicht abrupt mit Zeter und Mordio, sondern mit dem Versuch, eine Freundschaft aufrechtzuerhalten. Ganz am Anfang waren wir bei mir. **Vor dem ersten Besuch bei ihr schrieb ich träumend ....**

ERSTER BESUCH

Du liegst im Bett und schläfst. Ich kann Deine Brust nicht sehen, Du liegst auf dem Bauch. Der Schlaf ist nicht mein Freund, ich liege entspannt neben Dir und schaue in Dein Gesicht. Der Mund ist leicht geöffnet, wie auf dem schönsten Foto, das ich von Dir ‚schießen' durfte. Ein leises Seufzen von mir, Du schläfst weiter, lächelnd nun, als würdest Du mein Glück fühlen. Ich empfinde nur Zufriedenheit, Zärtlichkeit. Unsere Kerze brennt noch, in Deiner Wohnung muss ein Fenster nicht richtig schließen. Das Licht ist unruhig, passt nicht zu meiner Stimmung. Schatten bewegen sich durch die Zimmer. Über einem Stuhl liegt mein Hemd, auch vom flackernden Licht bewegt. Du hast es bei dem ersten ‚Fotoshooting' getragen. Ich kann es wohl nie mehr ohne diese Erinnerung sehen. Langsam beginne ich mich von Dir zu lösen – der Schlaf schleicht sich an. Die Konturen Deiner Wohnung – so wie ich sie mir vorstelle – die ich am Sonntag zum ersten Mal betreten werde, verschwimmen. Ich muss schmunzeln bei dem Gedanken: Du musst die Kerze löschen. So konkret träume ich am PC von Dir. Neben meinem Rechner ist schon mein Bett. Gleich, wenn mir die Worte ausgehen – oder die Augen zufallen, werde ich dort liegen. Du wirst, spätestens wenn ich die Decke über mich ziehe, bei mir sein. Deine Wärme wird mich in den Schlaf begleiten, Deine Nähe macht mich glücklich.
Schön, dass ich Dich gefunden habe...

Dazu passt eine ähnliche Geschichte...
EINE GANZ NORMALE NACHT...

Es ist ein Uhr, der Körper liegt träge und matt im Bett, sehnt sich nach Schlaf. Doch die Gedanken wandern, die Augen wollen nicht die ganze Dunkelheit, sie bleiben offen, starren blicklos durch den herbstlich entblätterten Baum vor dem Fenster. Sterne hängen in den Ästen, werden ab und zu von kleinen Wolken weggewischt. Dann sind sie wieder da, an der gleichen Stelle.
Wie der Traum immer anwesend ist, immer an der gleichen Stelle, fest verankert in meinem Herzen. Du bist der Traum, keine Wolken können das Bild verdecken.
Du bist allgegenwärtig, mir nah und doch soweit weg wie die Sterne in den Ästen vor meinem Fenster.
Schlafen, unruhig, unterbrochen von kurzen Phasen unwirklichen Halb-Wach-Seins, schmerzhaft empfundene ungestillte Sehnsucht. Wolken haben mir inzwischen die Sterne gestohlen, diffuses Licht kommt durch das Fenster, die Digitaluhr wird zum Scheinwerfer. Augen schließen und wieder schlafen. In tiefster Dunkelheit bleibst Du spürbar.
Und ich fühle Dich.
Die Sterne bleiben verschwunden, die Äste kahl und kaum zu sehen. Tauben rufen von Dach zu Dach mit wechselndem Gurren – erst die eine, dann die Antwort des anderen Täubchens. Sie haben immer eine Antwort.
Und WIR?
Ich stehe auf, müde und traurig, denn Du kochst wohl Kaffee – für IHN.
Noch sieben Stunden – dann spüre ich Dich, unsere zwei/drei Stunden werden ein Blinzeln sein.
Dann kommt die nächste trostlose Nacht – oder bleibst Du diesmal...?

Meine erste Parkinsonklinik wurde mir von einem Freund empfohlen, der Erfolg für mich unglaublich. Bei der Ankunft wurde ich im Rollstuhl in das Haus gefahren. Meine längster Weg, mit Rollator, waren 50 Meter. Die Gertrudis Klinik in Biskirchen ist ein ehemaliges Sporthotel. Der Eingangsbereich erinnert an alles, nur nicht an KRANKENHAUS.
Bei der Aufnahme sagte der Arzt:!"Ihre Hand ist in einer .Woche wieder funktionsfähig – es wurde wahr.

Was sonst noch geschah – folgt nun in einer gereimten Form

AM ELFTEN SIEBTEN NULL NULL ACHT
HABE ICH DEN SCHRITT GEMACHT
INS GERTRUDIS KRANKENHAUS –
AM ERSTEN ACHTEN KAM ICH RAUS:

WAS IN DIESER ZEIT GESCHEHEN
KANN ICH BIS HEUTE NICHT VERSTEHEN:
WÜRDE MAN ES MIR ERZÄHLEN
KÖNNTE DER ERZÄHLER WÄHLEN.:

SOLL ICH IHN EINEN LÜGNER NENNEN
ODER WILL ER SCHNELL BEKENNEN,
DASS ER SETZT IN DIESE WELT
LÜGEN FÜR EIN TASCHENGELD.

ICH KONNT NUR MIT ROLLATOR GEHEN,
BLIEB BEI JEDER KURVE STEHEN.
AUF FREEZING KONNTE ICH STETS ZÄHLEN –
ES WAR KEIN GEH'N, ES WAR EIN QUÄLEN:

MIT RECHTER HAND EIN BROT ZU SCHMIEREN;
DAS SCHREIBEN, SCHRAUBEN ODER RÜHREN
WAR DIESER EINSTMALS ERSTEN HAND
NUN TATSÄCHLICH UNBEKANNT.

ICH HAB' IM ROLLSTUHL GAR GESESSEN!
NACH RUND ZEHN TAGEN WAR'S VERGESSEN :
ICH KONNT MEIN SCHNITZEL WIEDER SCHNEIDEN
KONNT' MIT RECHTS WIE FRÜHER SCHREIBEN;

DEN ÄRZTEN-SCHWESTERN-THERAPEUTEN
AUCH ALLEN ANDREN KLINIK-LEUTEN.
DIE MTA, VERWALTUNGSDAMEN,
DIE ,HOL- UND BRING', DIE PÜNKTLICH KAMEN,

SELBST DER SCHNELLEN PUTZKOLONNE
GEBE ICH HEUT VOLLER WONNE
KLAR UND OFFEN ZU VERSTEHEN:
ICH WERD' EUCH ALLE WIEDERSEHEN!!!!!

UND DANN – ICH HAB ES NICHT VERGESSEN –
ZUR HEILUNG TRÄGT BEI GUTES ESSEN.
ICH KANN DAZU NUR EINES SAGEN.
ES FÜHLTE SICH SEHR WOHL MEIN MAGEN!

DOCH WAS NUTZT DAS BESTE MAHL
WENN DIE BEDIENUNG WIRD ZUR QUAL.?
ICH HATTE NICHT AN EINEM TAGE
GRUND ZU EINER SERVICE-KLAGE.

AUGUST 2008

Das habe ich geschrieben voller Emotionen, aufgewertet noch durch Empfang, das ungläubige Staunen der Nachbarn.....

.

Oktober 2013
Dieses Gedicht ist nun Geschichte! In fünf Jahre kann viel passieren.
Ich habe vier Aufenthalte hinter mir – den letzten im März – und noch einige werden folgen. In dieser Klinik habe ich Menschen aus allen Regionen Deutschlands – z.B Görlitz, Berlin, Schwarzwald ... und aus Aserbeidschan kennen gelernt.
Vielleicht sind nicht alle Patienten so überzeugt wie ich.
ABER: ich weise auf Vers drei des Gedichts hin:
Ich schreibe dies nicht im Auftrag der Klinikleitung!
Ich bekomme auch kein Taschengeld dafür. (*) Ich schreibe es aus tiefer Überzeugung,

(*) oder jetzt doch??????????
SCHAU'N MER MAL

Diese schleichenden Krankheiten sind schwer zu ertragen, zumal man nicht weiß, wann dern Punkt erreicht ist, den man in einer solchen Klinik bei anderen Patienten sieht. Auch die Frage, seit wann er die Krankheit hat, wie alt --- u.s.w, hilft nicht weiter.

So eine Geschichte hat mancher vielleicht schon erlebt,

Der Zuschauer

Im Zimmer gegenüber ging das Licht an.

Ich war gespannt, wie sich der Mann heute verhalten würde. Einen Augenblick dachte ich daran, dass ich wie ein billiger Voyeur einen hilflosen, mir ausgelieferten Menschen beobachtete. Die kriminelle Energie und die Neugier siegten – ich beobachtete weiter.

Wie gestern lag der Mann auf der rechten Seite. Die linke Hand war über seinem Kopf am Lichtschalter. Langsam nahm er sie runter, drehte sich auf den Rücken, suchte mit der linken Hand etwas auf dem Nachtschrank. Er konnte sich offensichtlich nicht richtig drehen, denn selbst bis zu meiner Beobachtungsstelle war das mühevolle Versuchen zu spüren. Sein Bemühen war nach einigen Griffen ins Leere erfolgreich: Er fand seine Brille, setzte sie auf. Immer noch war nur die linke Hand im Einsatz. Die Bettdecke bereitete ihm das nächste Problem. Weiter nur mit der linken Hand schob und zerrte er an der Decke – es sah aus wie harte, zur Verzweiflung treibende Arbeit.

Endlich hatte der Mann seine Beine frei, hob beide und erreichte mit dem zweiten Schwung die Bettkante. Jetzt kam auch die rechte Hand zum Einsatz. Er schob sie in die Unterhose und zerrte sein Geschlechtsteil hervor. In der linken hielt er die Ente – die Bettflasche – und setzte sie zwischen die Beine. Ein bisschen Mühe bereitete es ihm offensichtlich, den Penis in die Öffnung der Ente zu führen.

Ungewöhnlich war es schon, dass ein Mann vor dem Aufstehen noch die Ente benutzt. Muss er Medikamente nehmen, die ihn erst mobil machen? Er schien allerdings schon schlechte Erfahrungen gemacht zu haben.

Die Flasche nahm er vorsichtig in die linke Hand, zog mit der rechten seinen Rollator heran. Mühsam stand er auf, trippelte mit Minischritten zum Bad. Die Schmerzen in seinem Bein waren – wie jeden Morgen, in der 10er-Skala bei 6 - 7, das würde noch besser werden, sei jetzt normal. Sagten zumindest die Ärzte.

Ich hatte beim Zuschauen ein ungutes Gefühl, wusste aber nicht so recht, was es war. Auch musste ich dringend pinkeln – aber noch schien es interessanter, den Kerl zu beobachten.

Ich konnte ihn nicht mehr finden.

Der Harndrang war stark.

Ich lag auf der rechten Seite – die Linke war über dem Kopf am Lichtschalter. Langsam nahm ich sie runter, drehte mich auf den Rücken, suchte mit der linken Hand…

Entsetzt wurde ich vollends wach, ich war kein Voyeur.

Ich hatte mich gesehen, hatte jede Einzelheit meines normalen Aufwachrituals gesehen.

Ich versuchte, die im Traum verlorene Zeit aufzuholen, fand in der Aufregung die Brille nicht, konnte mich aber auch nicht umdrehen.

Ich nahm mühsam die Ente, hoffte, den Pimmel weit genug drin zu haben – ich hatte Glück.

Als ich mich besonders gründlich um die Leisten wusch, musste ich lächeln. Kein frohes Lächeln.

Diese Hilfsmaßnahme über die Schweiz – Hilfe zum
Sterben – hat mich dazu angeregt.

Ertragen

Wenn dir auf allen deinen Wegen
immer nur die Sonne scheint,
betrachtest du es bald als Segen,
wenn der Himmel auch mal weint.

Wenn du spürst, die Energie,
die dich immer stark gemacht,
wird durch Krankheit irgendwie
von dir langsam weggebracht.

Im ersten Fall kennst du dich aus.
Du weißt, die Sonne kehrt zurück.
Der zweite Fall wird dann zum Graus,
wenn du zweifelst an dem Glück.

Wenn du die Last alleine trägst,
niemand reicht dir seine Hand,
versteht man, wenn du dann erwägst,
umzuzieh´n – nach unbekannt.

Es gibt aber auch Zeiten, da spielen Krankheiten keine so dominierende Rolle. Manchmal lernt man tolle Menschen kennen .....

Begegnung am Nachmittag

Im Schaufenster von P & C standen einige schwarz gekleidete Schaufensterpuppen. Ein zufälliger Blick zur Seite ließ ihn erstaunt stehen bleiben. Nicht die Klamotten der Puppen waren ihm aufgefallen – seine Haltung ließ ihn erschrecken. Seine Tochter fiel ihm ein – und er musste lächeln. Wäre sie an seiner Seite – er hörte förmlich ihre barsche Stimme, und er fühlte ihren Finger, der sich in seinen Rücken bohrte.

Unwillkürlich hatte er sich aufrecht hingestellt – die dunklen Anzüge verstärkten den Spiegeleffekt. Volker glaubte, er würde gerade stehen, doch Sonja bewies ihm oft – anscheinend nicht oft genug – dass er auch dann noch dastand wie der Turm von Pisa.

Vor zehn Jahren hatte es begonnen – eine Zeitspanne, die für einen ‚schrägen' Blick gesorgt hat. Was er für eine aufrechte Haltung hielt, war inzwischen ein Ärgernis für die Physiotherapeuten, sowohl hier als auch in der Parkinson-Klinik Biskirchen.

Es war Sonntag, 2. Weihnachtstag. Er beschloss, nachsichtig mit sich selbst zu sein, obwohl er wusste, dass er grundsätzlich sehr duldsam mit sich umging. Unwillkürlich hatte er sich doch gestreckt. Seine Augen ließen seine Gestalt nicht los. Als er glaubte, richtig zu stehen, ging er, mit dem Blick noch immer auf sein Spiegelbild gerichtet, weiter die Zeil entlang. Sein Ziel war die Konstabler Wache, es könnte auch ein anderes sein – er war in dieser Beziehung frei. Heute musste er auf keinen Menschen Rücksicht nehmen.

Seine Kinder waren flügge, seine Freundin im ‚Familiennest' in der alten Heimat.

„Entschuldigen Sie, dass ich Sie anspreche," hörte er neben sich eine Frauenstimme sagen. Er blieb stehen und schaute die Frau lächelnd an. „Sie sind mir bei P & C aufgefallen." Ihr leises Lachen klang angenehm. „Ich kam mir vor wie ein Voyeur, doch sie waren so vertieft in dem Bemühen, sich zu strecken, da konnte ich nicht weiter gehen."

„Das ist nicht schlimm, ich werde sie deshalb nicht beißen." Eigentlich war er schlagfertig, irgend eine spaßige Bemerkung fiel ihm immer ein. Bei dieser Frau versagte sein Charme – erstaunt bemerkte er etwas wie Befangenheit.

Die Frau mochte Mitte vierzig sein – ein gutes Alter – immer noch etwa 20 Jahre jünger als er. Dieser Gedanke ließ ihn die Befangenheit vergessen – er war wieder ,der Alte'.

Lachend fragte er die Dame: „Was ist Ihnen denn ein Geständnis wert?"

„Sie brauchen nichts zu gestehen. Ich tippe auf Parkinson. Mein Bruder trägt dieses Los seit 15 Jahren."

Ihre Stimme war sanft, ihre Sprache kultiviert – aber nicht abgehoben. Unbefangen schaute sie ihm in die Augen, sie waren fast gleich groß. Auch in der Winterbekleidung war zu erkennen, dass sie eine Frau war.

„Es ist Parkinson," entgegnete er, „allerdings sollte uns diese Feststellung reichen. In meinem Alter ist Gesprächsthema Nummer eins Krankheit. Sie sehen jung und gesund aus – wir sollten etwas Netteres finden." Sie lachte, wiederholte spöttisch das „Jung?"

Jetzt war der Punkt erreicht, an dem man(n) zum Kaffee einladen kann – unbefangen und ganz natürlich. In seinem Geldbeutel war ein 5-Euro-Schein, in den Jeans noch Münzen – zusammen etwa acht Euro. Als ob sie das Zögern bemerkt und sein Problem erkannt hatte, schlug sie vor:

„Ich habe Sie angequatscht – lassen Sie die in unserem Alter üblichen Rollen außer acht: ich lade Sie zu einem Kaffee ein. Bitte keine Widerrede." Zu seinem Erstaunen hörte er sich sagen:

„Dess passt schoo – i hob kaum Göld dabei!" Sie lachten beide und gingen zu einem Cafè, in dem er auch schon mit Mischa gewesen war.

Vor der Tür blieb er stehen.

„Bevor Sie sich in Unkosten stürzen – meinen Namen sollten Sie kennen: ich heiße Volker, Volker Willhelm. Ich mag meinen Nachnamen nicht, deshalb bitte ich Sie, mich Volker zu nennen."

Sie lächelte „Anne, schlicht Anne!"

Wozu er viele Worte brauchte – sie imponierte ihm, ihr Umgang mit der Sprache war formidabel.

Im Café steuerte sie geradewegs einen Tisch an, an dem zwei junge Leute bereits ihre Rechnung hatten. Sie warteten noch auf das Wechselgeld. Es war der einzige freie Tisch. Damals war es auch so voll, als er mit Mischa hier war.

Seine Begleiterin hatte seine Aufmerksamkeit auch verdient. Nachdem sie den Mantel ausgezogen hatte, war eine Weiblichkeit sichtbar, die nicht nur ihm auffiel. Auch andere Männer schauten sie an, verstohlen zum Teil, andere sehr direkt – fast schon unverschämt. Sie war nicht dünn, eher fraulich, er nannte es griffig. An ihren Knochen jedenfalls konnte sich niemand verletzen.

Sie entschuldigte sich und verschwand hinter der Tür ‚DAMEN'.

Er versuchte, nicht daran zu denken, dass Mischa und er nach fast zwei Jahren in einer Krise steckten, die ihr allerdings nicht so gravierend erschien wie ihm. Er lächelte bei dem Gedanken, dass er zur Lösung dieses Problems eine bessere Gelegenheit finden könnte. Volker beschloss, diesen Nachmittag einfach zu genießen.

Die Kellnerin warf ihm einen fragenden Blick zu, und er zeigte an, dass sie warten sollte – doch da erschien Anne bereits. Ihre Lippen waren leicht nachgezogen – doch das schien das einzige Make-Up zu sein. Zwischen ihnen entstand schon in den ersten Minuten eine Atmosphäre, wie er sie lange nicht erlebt hatte.

Anne wohnte in Frankfurt, hatte viele Jahre in Darmstadt gewohnt. Sie lachte, als er Darmstadt eine ‚Basketball-Stadt' nannte, und dass er in tausend Sporthallen mit Schuld an dem für die Ewigkeit in den Ritzen wabernden Mief sei.

Die Art, wie sie sich unterhielten – frei von irgendwelchen Zwängen – ließ ein Gefühl von Vertrautheit aufkommen. Der Kaffee war getrunken, ein Grauburgunder aus Baden war ihm gefolgt. Die Kellnerin unterbrach die Unterhaltung mit dem Hinweis, das sie kassieren wollte. Es war nach 18 Uhr, und das Lokal war nur bis zu dieser Zeit geöffnet.

Volker hatte im Gespräch erfahren, dass Anne geschieden war. Er wartete, bis die Bedienung zum nächsten Tisch ging. „Ich muss Ihnen für die Getränke danken, aber," er legte seine Hand auf ihre, „besonders danke ich für diesen Nachmittag. Wann kann ich Sie wiedersehen, um mich zu revanchieren?"

Sie lächelte ihn an, zog langsam die Hand zurück.

Sie stand auf, ging zur Gardarobe. Schweigend und etwas irritiert half er ihr in den Mantel und zog dann seine Jacke an. Die Kellnerin wünschte ihnen noch einen schönen Abend, und dann standen sie draußen auf der Straße.

Anne drehte sich zu ihm um, schaute ihn ernst an und sagte: „Ich muss Dir für diesen Nachmittag danken. Es waren zwei wirklich schöne Stunden mit Dir. Ich habe Ablenkung gebraucht. Dir ist es gelungen, etwas Belastendes in den Hintergrund zu rücken." Sie legte ihre Hand auf seinen Arm und fuhr fort: „Mein Scheidungsgrund hatte einen Unfall und liegt seit drei Wochen im Markus Krankenhaus. Es wird auch noch ein paar Tage dauern." Sie drückte seinen Arm fester.

„Du solltest wissen: der Scheidungsgrund heißt Elisabeth. Wir leben seit zwölf Jahren zusammen – und das wird so bleiben."

Sie umarmte Volker, küsste ihn auf die Wange und flüsterte: „Mach's gut" und ging über die weihnachtlich geschmückte Straße. Volker sah ihr nach, bis sie um eine Ecke bog. Sie hatte sich nicht mehr umgedreht.

Nicht alles, was geschrieben wird, muss von der Krankheit diktiert werden. Die Gedanken finden immer wieder Zusammenhänge, die zu einer Geschichte werden können.

Heimkehr

Als die Frau nach Hause kam,
er sie in die Arme nahm,
sie sich lieb und zärtlich küssten
schien ihr Mann sich auch zu rüsten
auf ein Spiel von Mann und Frau:
sie spürte es auch ganz genau.

Ihr war nach diesem schweren Tag,
der hinter ihr geschäftlich lag,
nach Nähe und nach Zärtlichkeit –
zu mehr war sie nicht gleich bereit.
Er spürte es, ließ sie erzählen,
wollte sie nicht auch noch quälen.

Er ließ sie für die nächste Stunde
alleine schlafen eine Runde.
Als er sie später zärtlich weckte,
war es der Blick, der ihn erschreckte:
Sie war anscheinend ganz benommen –
bei ihm auch noch nicht angekommen.

Sie sagte leis: „Ich möchte weinen."
Dann würden Sorgen kleiner scheinen.
Zu vieles hat sich angestaut,
als Hürden vor ihr aufgebaut,
Er sagte ihr : „Lass Dich nur gehen –
ich kann das wirklich gut verstehen."

Ein Fingerspiel, mehr aus Versehen,
ließ dann doch etwas geschehen.
Sanftes Streicheln, ohne Ziel,

bewirkte offensichtlich viel,
ihr Atem wurde etwas schneller,
die Augen schienen deutlich heller.

Und so war ihm per Hand gelungen,
dass sie erstaunlich schön gesungen.
(So haben sie es stets genannt,
wenn das passiert, was sehr entspannt.)
Auch der Mann war sehr, sehr froh –
die Frau, entkrampft, nun ebenso.

Das lassen wir mal sacken –
Von G. habe ich schon berichtet, aber er ist es wert, noch
mal besungen zu werden.

Verständnis und Bewunderung

Im Bett. Der Vorhang ist weit offen.
Die Sonne scheint in mein Gesicht.
Wenn ich – ganz selten – war besoffen,
dann mag ich das am Morgen nicht.

Der Schädel brummt – und wird nicht klar.
‚Den Rollo sollt' ich runter machen.'
Wenn nun der Wein verdorben war ----
Oder diese Knabbersachen?

Kein Gedanke bleibt als Frage –
Die Antwort ist mir ziemlich gleich –
Denn Denken wird zur schweren Plage.
Wahrscheinlich ist die Birne weich.

Schuld an dieser trunknen Nacht –
ist ein Freund, der uns schockierte.
Er hat es sich nicht leicht gemacht,
und er war froh, als es passierte:

Nach einem richtig guten Essen
lud er uns zu etwas ein –
das werde ich wohl nie vergessen –
denn er schien glücklich jetzt zu sein.

Sein Begräbnis plante er,
selbst an Musik hat er gedacht,
und das schien für ihn nicht schwer,
er hat uns dabei angelacht.

Die Entscheidung, die er traf,
wird mir auch bald abverlangt:
Suche ich den schnellen Schlaf,
hab damit würdig abgedankt?!

Ich seh' mich auch in ein paar Jahren
mühsam durch die Wohnung schwanken.
Doch bin ich mir noch nicht im Klaren,
ob ich den Mut hab – abzudanken.

Ich trau der Pharmaindustrie
durchaus noch ein paar Sachen zu.
So gehe ich nicht in die Knie –
und will NOCH nicht die volle Ruh.

/

Ein Grund könnte auch sein, dass mir das Schreiben Mut gibt. Ich habe schon sehr früh versucht, mich schreibend zu bestätigen. Mein größtes Schreibergebnis war ein Roman, den ich während des Einmarsches der Warschauer-Pakt-Länder in die damalige CSSR schrieb. Der Prager Frühling war damit beendet. Ich malte mir aus, ein akademisches Ehepaar flüchtet nach Heidelberg – wird gefeiert – bis die Hautevoilee das Interesse verliert. Das Ehepaar scheitert an der Gleichgültigkeit und Kälte der gehobenen Gesellschaft.

Der Roman

Der Traum vom Loslassen dauerte sieben/acht Monate. Dann hatten sie ihn wieder unter Kontrolle. Er zog zurück – nach Hause – zur kranken Mutter und zum stets beschäftigten Vater. Sein Zimmer in Heidelberg gab er auf – wie sich selbst auch. Sein Traum vom Schreiben – er träumte ihn oft in dieser Zeit – von einem Leben wenigstens als Journalist – ausgeträumt. Die Veröffentlichung, schon das Anbieten seines Buches war ihm nicht möglich. Er erkannte auch sein Versagen – es fehlte die Kraft zum Bekennen zu dem eingeschlagenen Weg.

In seinem Zimmer in Heidelberg konnte er zum ersten Mal in seinem Leben etwas zu Papier bringen, ohne mögliche Kontrolle. Er konnte Gedanken aufschreiben, die kein anderer lesen sollte, und das Blatt in seiner Adler lassen. Seinen Traum erfüllte er sich, den Traum zu schreiben. Vom Entwurf zum fertigen Roman. Die Einfälle, spontane Ideen, trieben ihn nachts an die Schreibmaschine; das Fieber hielt wochenlang an.

Irgendwie schaffte er zwei (kleine) Scheine im Strafrecht und BGB – Alibi und Nachweis ,ordentlicher' Tätigkeit. Dann war er fertig. Der Roman war abgeschlossen. Vollendet! 200 Seiten – geschrieben von ihm. Das war der leichte Teil.

Unruhe – oder etwa Angst – drückten ihn nieder. Es musste der Schritt in die Öffentlichkeit gewagt werden. Das Manuskript musste man einem Verleger schicken und – wenn dieser es akzeptierte – es wäre die Bekenntnis zum Schreiben.

Wie hätte er zu Hause erklären sollen, dass ihr Traum vom Juristen beerdigt werden konnte? Die von ihnen mitfinanzierte Studienzeit wurde vertan mit dem Schreiben über das Ende des Prager Frühlings – wie sollten sie begreifen, wenn der Roman erscheinen, aber keinen Erfolg haben würde?

Wie sollte MUTTI damit leben, dass „die Leute" nicht den Rechtsanwalt – Dr. selbstverständlich – sondern den armen Poeten in ihrem Sohn sehen würden?

Tage des Zweifels, Nächte erster depressiver Episoden, Tränen auf den einzelnen Blättern, die immer wieder gelesen wurden – nur von ihm.

Er näherte sich einer fatalen, sein Leben verändernden Entscheidung.

Nach einem grandiosen Gemeinschaftsbesäufnis im „Mainzer Rad" wankte er in die Blumenstraße. Er nahm das Manuskript, ging zur ‚Alten Brücke'.

Unter einer Laterne las er noch einmal die Geschichte des tschechischen Ehepaares, das nach dem Scheitern von

Dubcek nach Heidelberg kam, gefeiert und hofiert von der Gesellschaft. Nur einige Wochen, dann wurden sie ignoriert, als andere Ereignisse die Schlagzeilen bestimmten. Die gesellschaftliche Oberflächlichkeit und Kälte, die er beschrieben hatte...!

Zweihundert Seiten, noch einmal gelesen, schwammen in kurzen Abständen den Neckar hinunter.

Er war nüchtern genug, um zu lesen, betrunken genug, seine Tränen nicht zu verbergen.

Bei den letzten 30 bis 40 Seiten hatte er schon Publikum: Arbeiter und Angestellte auf dem Weg zu ihrem Arbeitsplatz, die sein Weinen sahen. Einige sagten irgendwas, das er nicht aufnahm, winkte sie weiter. Andere wagten nur einen Blick aus den Augenwinkeln. Sie waren sensibel oder gleichgültig, störten ihn nicht. Er sah nur seine, seine Sätze, und er warf sie in den Neckar.

Es war wie ein Abschied, nicht nur von den zweihundert Seiten.

Der Weg zu seinem Zimmer – die fehlenden Gefühle – das Nichts, das ihn begleitete. Es war nicht er, der da ging.

Hilflos. –

Er fuhr am Nachmittag „nach Hause".

Als das entstand, war ich Student und Reporter in Heidelberg. Ich schrieb auch später noch, aber irgendwie passte das Schreiben nicht zum Beruf – Vertriebsleiter in der EDV, zuletzt Geschäftsführer – es war nur bedingt richtig.

Das Schreiben etwas lockerer zu sehen – sich selbst karikierend – das kam später – JETZT

MIT GEWALT

Nun sind es schon fast zehn Minuten,
die ich vor diesem Bildschirm sitze.
Es müssen sich jetzt aber sputen
die hoch gerühmten Geistesblitze.

Gleich erscheint mein liebes Mädel
und ich finde keine Sätze.
Nichts passiert in meinem Schädel –
wo sind nur die Geistesschätze?

Goethe schrieb einst schnell die Glocke.
und Schiller mühte sich mit Faust,
während ich hier einsam hocke,
die Zeit rast so, dass es mich graust.

Du warst grad am Telefon,
sagtest mir mit frohem Lachen:
„Ich komme heut um fünfe schon!"
Hilfe, Gott, was soll ich machen?

Ich glaube, es ist viel gescheiter,
wenn ich das Ganze einfach lasse.
Ich komm sowieso nicht weiter,
besser, wenn ich nichts verfasse.

Der Ritterschlag

Eine Frau, die ich sehr schätze –
das ist eher untertrieben –
hat mir ein paar klare Sätze
in mein Stammbuch reingeschrieben.

Sie lobte meine Kurzgeschichten
und riet mir, nur noch die zu schreiben.
Sie meinte dann zu den Gedichten,
wie ich verstand: Lass es doch bleiben.

Verglich die Sachen mit Heinz Erhardt,
Ringelnatz und weit'ren Größen.
Jetzt weiß ich, sie hat nicht gespart,
an Lob – und an den Rippenstößen.

Ich habe sie jetzt ganz durchschaut
und werde ihr stets **dankbar** sein.
Ich hab' mich bisher nicht getraut,
hielt mich dafür noch viel zu klein.

Wenn sie mich mit den grad genannten
schon jetzt auf eine Stufe stellt,
dann melde ich den Dichtgiganten:
Ich habe mich dazugesellt!

Rilke, Benn und Morgenstern,
die Ihr in Parks auf Sockeln steht,
der Tag ist nicht mehr allzu fern,
dass mich der gleiche Wind umweht.

Ich weiß es jetzt – werde auch kämpfen
um den Dichterfürstenthron,
nichts kann meinen Ehrgeiz dämpfen:
Ich drohe nicht – ich komme schon.

Das 11-Minuten-Gedicht

Jetzt sitz ich hier schon fünf Sekunden
Und hab den Anfang nicht gefunden.
Ich – der mit Worten zaubern kann –
Bin zweifellos der beste Mann:

Die Erfahrung hat gelehrt,
man wird wirklich erst geehrt,
wenn der Tod dich hingerafft,
dann hat man es erst geschafft.

Wenn in den gebeugten Nacken
Tauben – Spatzen – Krähen kacken,
die Hundepisse dich umstrudelt,
manch kleines Kind sich drin besudelt.

Auf der Bank neben den Wicken
junge Pärchen oft einnicken –
doch du alter spitzer Gockel
stehst als Denkmal auf dem Sockel.

ELF MINUTEN *SIND VERGANGEN!*
P. COELHO (*) FAND HERAUS:
WENN SIE UND ER MAL ANGEFANGEN,
DANN IST IM SCHWEIZER FREUDENHAUS
NACH ELF MINUTEN REITEREI
IM SCHNITT DIE CHOSE SCHON VORBEI.

ICH HAB IN DIESER ZEIT GESCHRIEBEN
ETWAS; WAS NICHT ALLE LIEBEN:
ICH SCHREIB AUF HÖCHSTEM REIM-NIVEAU,
DOCH WENIGE SEHN`S EBENSO.

ES SIND HALT ALLE BÖSE NEIDER –
DOCH DIESEN GLAUBT MAN – LEIDER
(*) Paolo Coelho, „Elf Minuten"

MORAL IN EINER MESSESTADT

… ist meistens etwas Vages
Wenn man nicht gute Nerven hat,
versumpft amn eines Tages

So habe ich in einer Bar
Ein Mädchen angesprochen
Die auch ganz leicht zu haben war
Sie sprach das Deutsch gebrochen

NACH EIN PAAR SCHNÄPPSEN SAH SIE DANN
AUCH GANZ LECKER AUS
Ich zeigte mich ALS EDELMANN –
UND nahmst SIE mit nach Haus:

    Der Taxifahrer – eine Frau –
    Blickt mir ganz lange ins Gesicht
    „es war Im Mai - ich weiß genau,
    ein Kerl wie Dich vergess' ich nicht.".“

    Sie brachte uns in mein Hotel.
    Und eh ich mich versah
    Hat ich auf meinem Bettgestell
    Gleich zwei die mir ganz nah-

Ich fühle – das ist meine Nacht!
Nichts kann mir den Genuss noch rauben:
Das Mädel lächelt. .nein, sie lacht –
und ich fiel ab von jedem Glauben!!

Die schwarze Schönheit dreht sich um
und zieht lasziv die Hose runter;
zum Vorschein kam – ein wenig krumm –
ein strammer Penis ziemlich munter

Das Mädel – nun ist es ein MANN,
kommt auf mich zu und fragt ganz leise,

<„Bist Du es, der gut Lieben kann –
auf ganz bestimmte, heiße Weise?

Ich schüttele dazu den Kopf –
„Mit Männern kann ich nicht!"
Die andere löst ihren Zopf –
Und sagt zu mir "Dimm jetzt das Licht-

DAS Mädchen konnte Deutsch nicht gut –
Das war auch nicht so wichtig:
Sie sagte uns voll Übermut:
„Ihr Beide kommt grad richtig!

Nach ein paar Stunden fragt sie munter,
„Habt ihr denn schon genug?
Dann rutsch doch mal von mir herunter –
Und zahl mich aus – ich nehm den Zug

Müde reiche ich ihr Scheine, -
der schwarze Mann war eingeschlafen -
Ein Kuss noch zwischen meine Beine -
„ein Glück für mich, das wir ihn trafen"

Sprach sie – und ging mit lockrem Schritt
und nahm mein Selbstbewusstsein mit.
DER SCHWARZE MANN IN FRAUENKLEIDER –
DER HALF MIR AUCH NICHT – LEIDER

In einer REHA-Eiichtung las ich dieses Gedicht vor. Eine Therapeutin (Anfang 20) fragte, was für Augen gemeint sind. Ich wollte es ihr gerade erklären, eine ältere Kollegin (bestimmt schon über 25) kniff ihr in die von mir gemeinten Augen: ICH MUUSTE MICH NICHT MEHR BEMÜHEN.

FRÜHLING

Frühling lässt Dich angespannt
wieder schauen auf die Augen,
die – das ist Dir wohlbekannt –
zum Lusterwecken taugen.
MÄDELS
fühl'n sich nicht alleine
wenn Du schaust dort schmachtend hin.
auf große – mittlere - auch kleine,
die erblühen unterm Kinn,
Erinnerst Dich, wie schön man dran
kneten – zärteln – kosen kann!
JUNGENS
haben so was nicht,
es blühen einfach keine.
Nur die beiden im Gesicht –
die sind's nicht, die ich meine.

Dem Mädel versprach ich, mich eindeutiger
auszudrücken – und ich hielt mich dran !

„Fürcht' Dich nicht vor bösen Verben
ich ließ sie einfach für Dich sterben
Wenn ich Dich nach AUGEN frage –
sind's die, die ich im Kopf rum trage.
bekommst Du schlüpfrige Gedanken –
dann weise sie schnell in die Schranken.
Denn ich bin für Dich ganz sauber –
und jetzt beginnt der Verbenzauber.

Ein ganz sauberes Gedicht hatte ich auch versprochen

DIE LUST DER 60 JAHRE

Als ich in Deinem Alter war,
da machten uns die Alten klar:
Mit 60 hat's ein Ende,
dann kommt die große Wende.

Da dachte ich ganz Gott ergeben:
dann muss ich etwas schneller Leben
Und dann – mit Ende fünfzig
da feierte ich zünftig.

Gleich DREIE lud ich dafür ein –
mir war danach, es musste sein –
beim Vorspiel hörte man schon Juchzen,
am Ende dann das Abschiedsschluchzen.

Dann war ich sechzig, stellte fest:
Die Alten - hole sie die Pest -
Hatten dummes Zeug gesprochen
Die Lust blieb bei mir ungebrochen

Wenn ich Elis vor mir sehe
Wünsch ich mir, dass dies geschehe:
Noch zwei Elsas und ich Moppel :
Die Lust ist da –zum Tennisdoppel!

Frauenberuf – exclusiv?

Als Gott einst die Frau erschuf,
dachte er nicht gleich daran,
zu kreieren den Beruf,
der sie einmal versorgen kann.

Das war auch nicht erforderlich,
denn Arbeit gab es grad genug,
man sammelte sehr ordentlich,
was zum Verzehr am Tag beitrug.

Am Anfang ging auch alles glatt,
schließlich war'n sie nur zu zweit,
doch da man sich vermehret hat,
stand nicht nur einer mehr bereit.

Das Sammeln wurde eingestellt,
man wanderte nicht mehr herum.
Es wurde mehr wie unsre Welt,
doch ging der Mensch noch etwas krumm.

Das konnte auch nicht ewig dauern.
Man hat dann schnell das Rad erfunden,
am meisten freuten sich die Bauern,
weil sie sich ständig so geschunden.

Die Jäger, die es sehr erfreute,
mussten nicht mehr alles tragen.
Selbst die ganze Mammut-Beute
luden sie nun auf den Wagen.

Danach kam das Haus mit Bad.
Und später auch das Innenklo.
Das Waschen fand man aber fad –
Viel Puder tat es ebenso.

Der Konkurrenzkampf setzte ein.
Die Frau begann sich mehr zu schminken.
Selbst die Herren wurden fein,
wollten nicht im Grau versinken.

Könnte man nun endlich sehen,
den Beruf - für SIE gedacht?
Doch werde ich mich unterstehen:
Manchen hat's fast umgebracht.

Wer heut für Frauen reklamiert
Berufe ganz speziell für sie,
der wurde fast schon massakriert,
der Vorschlag grenzt an Blasphemie.

Nun ist die leidige Geschichte
bei uns gelandet, wie auch immer!
Für uns ein Thema für Gedichte,
man fragt sich – geht's noch schlimmer?

Noch ein heikles Thema: Die Eltern – sie sind alles, nur beim Sex kann sich kein Kind die Eltern vorstellen.

Eltern aus Sicht der Kinder

Ein klares Bild hat ‚ES' von ihm:
Beschützer, Held, Berater –
das darf so sein, ist legitim,
es ist der eig'ne Vater.

Von ihr gibt es ein and'res Bild:
Sie ist stets lieb, besonders nett.
Sie ist es, die das Baby stillt –
Es schlief sehr oft in ihrem Bett.

ES sieht in einem and'ren Licht
die Eltern – nicht als Frau und Mann.
ES weiß es, doch erwähnt es nicht:
Weil's einfach nicht sein kann.

Man selbst vergisst nach ein paar Jahren,
wie man die eig'nen Eltern sah.
Man glaubt, weil diese älter waren,
dass wirklich nichts geschah.

Nun sind wir selber diese Alten,
auch wenn wir nicht so leben.
Wir sollten schön die Klappe halten.
Das Bild wird's immer geben.

Wir müssen einfach eingestehen:
Es wird für ewig bleiben.
Eltern werden so gesehen:
ihr Sex ist Näschen reiben.

Kürzlich erst, mehr als 50 Jahre 'danach', wurde ich an mein erstes Küssen erinnert. Ich wusste nicht, wie ich mich bei einer gerade erst kennengelernten Frau verhalten sollte. Sie erzählte mir Begebenheiten, die für mich die Aufforderung, ein Signal, waren: ,ich will dich' Aber – eigentlich passte es nicht zu ihr: Die typische Situation der pubertären Phase; das hat es bei mir schon lange nicht mehr gegeben - deshalb der Ausflug in die Vergangenheit, So kam die Erinnerung an das erste ,Lippenbekenntnis.'

Das erste Küssen

    Vorausgeschickt sei: der erste Kuss war nicht prickelnd, aber da gleich ein paar folgten, wurde es noch schön. Ich nenne es daher lieber - siehe Titel,

Als ich beschlossen hatte, ES jetzt zu probieren, wurde ich nervös, verhaspelte mich beim Sprechen - war eben sehr angespannt. Alles war genau geplant: der Spazierweg und die Stelle, wo er geschehen sollte.
Sie waren nebeneinander, aber nicht händchenhaltend, über den Sportplatz gegangen. Die Entscheidung war gefallen, weil ich es satt hatte, immer nur zu hören von den Jungens, die mindestens ein Jahr älter waren als ich, aber nicht größer, wie das tatsächlich ist. Es war an der Zeit, auch bei dieser Sache mitreden zu können.
Hinter dem Sportplatz begann eine Schrebergarten - Anlage, in der im Februar wenig Leute unterwegs waren. Ein kleiner Bach floss neben dem Fußweg bis zu einer leichten Kurve. Dort trennten sich Wasser- und Landweg. Das war die Stelle, die ich für diesen Versuch vorgesehen hatte.
Dort sollte ES beginnen und – ich hatte es mir geschworen – auch enden. Stephanie zitterte vermutlich wieder – wie immer, wenn etwas Unvorhergesehenes geschah.

Sicher war mir noch ein bisschen mulmig, schließlich könnten Baume umfallen, Erwachsene um diese Zeit unterwegs sein oder Schlimmeres geschehen.

Wir näherten uns der Biegung, von der man gute Sicht nach allen Seiten hatte. Kurz vor dem Punkt hatte ich geplant. Ihre Hand zu nehmen – das verschob ich bis nach den Geschehen.

Ich hörte nicht mehr ihre Worte, das Blut rauschte in meinen Ohren, ein Getöse, als hielte jemand Muscheln dran.

Abrupt blieb ich stehen, zögerte noch einen Moment, doch dann nahm ich Ihren Kopf mit beiden Händen und küsste sie auf den Mund. Ich presste meine vor Aufregung spröden Lippen auf ihre, als wollte ich bis zu ihren Backenzähnen. Stephanie hatte die Augen weit aufgerissen und als ich die Lippen von ihrem Mund nahm, keuchte sie atemlos:

„Du bist noch nicht einmal konfirmiert!!"

Mein Kopf dröhnte noch immer, ich überlegte. was ich darüber berichten könnte, denn gefühlt hatte ich nur meine Nervosität.

Ich beschloss, es noch einmal zu versuchen – diesmal nicht mit Gewalt und Kraft, sondern sanfter, wie ich es auch schon mal im Kino gesehen hatte.

Stephanie wehrte sich etwas, doch als sie merkte, dass ich nicht mehr die Zähne eindrücken wollte, sondern mit zwar angespitzten, aber nicht mehr so harten Lippen auf ihren landetet, ließ sie es zu.

Als ich es erneut versuchen wollte, machte sie sich sanft los und flüsterte: „Da kommen welche." Der Ton ließ hoffen, das dieser Versuch nur aufgeschoben war.

Wir gingen langsam weiter, sprachen kein Wort – gefangen von der Situation. Auf dem Heimweg mussten wir noch durch ein Fußgängerunterführung. Stephanie hatte die fehlende Konfirmierung anscheinend vollkommen vergessen, denn sie ging mit schnellen Schritten voran. Ihre Hand hatte meine gefunden. Als sie die Unterführung erreicht hatten, wurde sie langsamer. Ich legte den Arm um sie und zum ersten Mal nach dem unverhofften Küssen, schauten wir uns in die Augen.

Ich wusste nun auch, was ich erzählen konnte, denn Stephanie hatte anscheinend auch Filme mit Küssen gesehen. Und sie erwiderte meine Küsse – das war einfach wert, erzählt zu werden. Wir genossen das Gefühl auf den Lippen und vorsichtig versuchten wir, die Zunge mit in das Spiel einzubinden. Es waren neue Erfahrungen, den Gesprächen am nächsten Tag in der Schule sah ich mit Ungeduld entgegen.

52 Jahre sind vergangen - und viel hat sich geändert. Es gibt aber immer Situationen, die an das erste Mal erinnern. Der Zauber lebt in uns – wecken wir ihn manchmal.

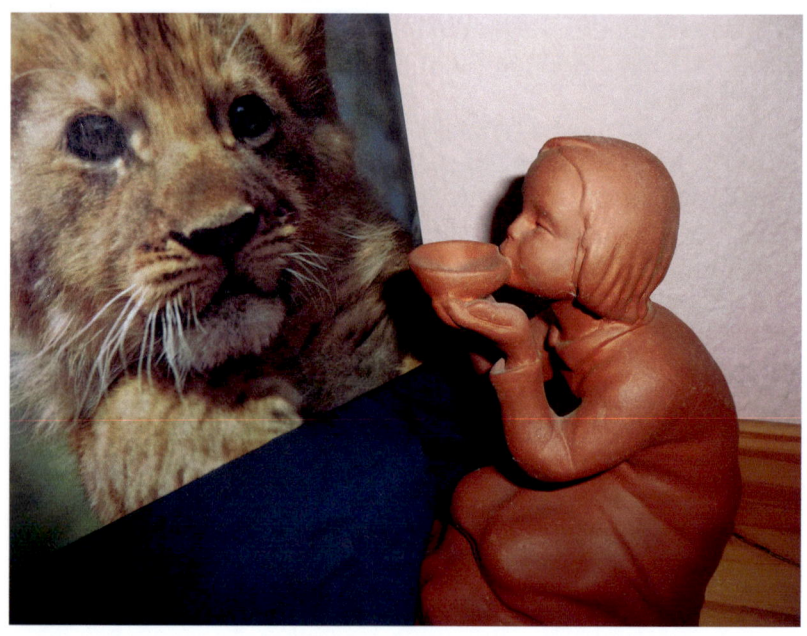

Nach diesem Erlebnis war ich der KÖNIG!

Verlangen und Freundschaft

Ich möchte Dir seit Tagen
den Wunsch von mir gestehen –
kannst du es gut vertragen,
wenn wir gemeinsam gehen:

durch Straßen und durch Wälder.
an Stränden, alten Gassen
durch blühende Rapsfelder.
Wir wollen nichts verpassen.

Ich möcht' mit Dir auf Bänken sitzen,
wo immer sie auch aufgestellt,
die Namen in die Lehnen ritzen
als Zeichen für die ganze Welt:

Wir waren einst ein Liebespaar,
doch sahen wir bald ein,
dass alles nur ein Irrtum war.
Lang wahrten wir den Schein.

Wir sprachen noch von echtem Lieben,
als uns die Wahrheit längst bekannt.
Ich wär noch lang bei dir geblieben,
doch siegte der Verstand.

Zur Freundschaft warst du gern bereit,
das kann auch funktionieren,
wenn wir es wie in letzter Zeit
schon ganz gut praktizieren..

+

Die Trennung wirkt – man ändert sich,
das Bild wird langsam blass.
Erinnert sich an manchen Stich
Und viele waren krass.

Doch diese Zeit - so scheint es mir –
ist längst Vergangenheit.
Ich habe viel erlebt mit dir,
zum Helfen bin ich gern bereit..

Es kam die Zeit des Wiedererwachens zum Schreiben –
Die Ungewissheit über die Zukunft – Depressionen – der
Rat des Arzte: Tu irgendwas – Das Schlimmste ist: nichts
tun....! Man sensibilisierte Beobachtungen – gab ihnen
Bedeutung.

Schein und Sein

Es gab eigentlich keinen Grund, warum der Mann mir
aufgefallen war. Er stand am Rande eines Kreises, der sich
um eine Gruppe Musiker in der B-Ebene gebildet hatte. In
der Hand hatte er ein schwarzes Aktenköfferchen, seine
Kleidung war leger, aber sauber und ordentlich. Ich
schätzte ihn auf Mitte vierzig. Vielleicht fiel er mir auf, weil
er Abstand hielt zu dem Kreis, obwohl der nicht
geschlossen wirkte, eher locker, zufällig. Doch der Mann
stand abseits. Die Musik interessierte ihn nicht, so schien
es. Und doch stand er dort.
Plötzlich schaute er auf die Uhr, seine Lippen bewegten
sich, und er ging schnell zum Eingang der U-Bahn. Ich
wusste selbst nicht, weshalb, aber ich glaubte ihm die Eile
nicht. Mit einigem Abstand folgte ich ihm.
Am Bahnsteig lief er unruhig auf und ab, seine Lippen
schienen Flüche auf die nicht kommende Bahn zu formen.
Die U1 und U3 ließ er kopfschüttelnd fahren, in die U2
drängte er sich geradezu, so als koste es ein Vermögen,
würde er diesen Zug verpassen.
Der Mann stand mit der rechten Schulter an die
Waggonwand gelehnt und schaute aus dem Fenster auf
das vorbeirasende Halbdunkel des U-Bahn-Schachts.
Nichts in seinem Gesichtsausdruck ließ mehr auf Terminnot
oder wenigstens Eile schließen. Die Augen waren blicklos,
selbst an den Stationen blieb sein Gesicht leer und
ausdruckslos.

Erst als die Bahn hinter der Station Miquel-/Adickesallee wieder aus dem Schacht ins Helle kam, trat wieder der gespannte Ausdruck in sein Gesicht. Er blickte hastig auf die Uhr, drehte sich um, seine Lippen formten Worte, unhörbar, doch nicht zu übersehen.

Am Weißen Stein, einer Haltestelle auch für die U1 und U3, stieg er aus und hastete den Weg zurück, bog von der Eschersheimer Landstraße ab. Fast glaubte ich, mein Gefühl hätte mich getrogen, doch als ich die Seitenstraße erreicht hatte, sah ich den Mann langsam gehen. Er ging mit etwas hängenden Schultern und leicht geneigtem Kopf, als hätte er nichts zu versäumen.

Scheinbar ziellos schlenderte er durch die Straßen, bog mal rechts, mal links ab. Verloren blieb er vor dem Schaufenster eines Schusters stehen, in dem ein Schild „Reparaturen sofort und sauber" und einige Absätze lagen. Ich konnte sein Gesicht nicht sehen, doch seine Haltung war gleich der in der U-Bahn. Nach einigen Minuten schnellte sein linker Arm hoch, ein Blick auf die Uhr, die Schultern strafften sich, und er raste fast durch die Straßen, stürzte dem U-Bahn-Eingang Grüneburgweg entgegen. Ich hatte Mühe, ihm zu folgen.

Am Bahnsteig wieder das ruhelose Auf und Ab, eine Bahn „Südbahnhof über Hauptwache" fuhr ohne ihn ab, in die nächste stürzte er hinein, trommelte während der Fahrt nervös mit der Hand gegen die Haltestange, blickte auf die Uhr. An der Hauptwache stieg er aus, hastete zur Rolltreppe, doch in der B-Ebene ging er wieder langsam zum U-Bahn-Eingang am anderen Ende. Ich konnte sein Gesicht nicht sehen, doch seine Schultern hingen etwas, er wirkte müde. Als er die Rolltreppe herunterfuhr, sah ich nur seine Haare, den Kopf hielt er gesenkt, die Hand mit der Uhr hing nutzlos herab.

Dieser Mann hielt eine Fassade aufrecht; ich fragte mich für
wen. Für seine Freunde? Gar für die Familie?? Es wäre
ein Jammer – unverzeihlich!? Ich verstehe solche
Menschen – habe selbst oft Rollen gespielt, die zu groß für
mich waren. Bespiel DANIEL – S. 22.
In Behandlung wegen Depressionen – und dann so was.
Das geht nu kurze Zeit..
Diese Lady lasse ich träumen ....t

Träume

Es ist mitten in der Nacht!
Die Frau ist plötzlich aufgewacht.
Was war die Ursache dafür?
Knarrte irgendeine Tür?
Sie war ganz allein im Haus,
das machte ihr sonst gar nichts aus,
doch heute war ihr etwas bange.
doch dauerte das nicht sehr lange.

Ihr wurde plötzlich etwas warm.
Denn sie fühlte, dass ihr Arm
einen Mann umschlungen hält!
Was – um alles in der Welt –
Ist nur gestern Nacht geschehen?
Wäre es heller, könnt sie sehen,
ob sie den Mann tatsächlich kennt,
der so ruhig bei ihr pennt.

In ihren Kopf kehrte zum Glück
die Erinnerung zurück.
Sie war bei Freunden noch gewesen
und hat dort einen Mann getroffen,
der war wirklich sehr belesen.
Und so konnte sie auch hoffen,
sich ganz toll zu unterhalten.
Sie wollte diese Nacht gestalten

Zu ‚Der Nacht des guten Buches‘.
Sie sprach sich Mut zu: 'Komm, versuch es.'

Der Vorschlag wurde angenommen –
Der Mann ist mit zu ihr gekommen.
Ihr fiel dann auch ganz deutlich ein:
Sie tranken noch ein Gläschen Wein.
Danach verlor sie die Kontrolle –
Und als er fragte, ob sie wolle,
was hat sie da gesagt ?
Hat sie es gar gewagt?

Und als sie grade simulierte,
was dann tatsächlich noch passierte,
da wurde sie – man glaubt es kaum –
erst richtig wach: es war ein Traum!
In ihrem Arm – nicht irgendwer:
Es war ihr alter Teddybär.

Der Traum kam nicht zum ersten Mal –
verursachte auch keine Qual.
Sie war – obwohl noch tiefe Nacht –
Inzwischen vollends aufgewacht.
Sie ist dann auch gleich aufgestanden,
sie hat den Sinn des Traums verstanden:

Der Mann hat deshalb kein Gesicht –
Denn bisher kannte sie ihn nicht.
Sie sollte irgendwann entscheiden:
der ist es – nur den kann ich leiden.
Den Eltern und dem Rest der Welt.
wird er als Partner vorgestellt.

„Man" macht sich Gedanken auch über das Sterben.
So etwa:

FLIEGEN

Die Frau auf dem Dach schien ihm vertraut – jedenfalls war eine positive Erinnerung mit ihr verbunden. Zwischen ihnen muss etwas gewesen sein, etwas Schönes, denn er fühlte eine tiefe Sympathie. Lächelnd musste er sich eingestehen, dass die Entfernung mindestens, na, 70 Meter betrug. Ein klares, eindeutiges Erkennen war unter diesen Bedingungen kaum möglich.

In ihm stieg leichte Unruhe auf. Was suchte die Frau auf dem Dach des etwa zehnstöckigen Gebäudes?

Ihm wurde klar: diese Frau wollte springen!

Merkwürdig fand er, dass hunderte Menschen auf der Straße waren – und niemand schien etwas zu bemerken. Nur er starrte nach oben – alle anderen hielten den Kopf gesenkt.

Auf dem Dach war es offenbar windig, denn das Kleid wurde ihr an den Körper gepresst. Die Figur wurde dadurch betont – und der Mann sah es mit einem kleinen Lächeln.

Ein leichter Regen ließ das Beobachten schwieriger werden – auf jeden Fall für Brillenträger wie ihn.

Er sah jedoch sehr deutlich, dass die Frau näher an den Rand des Daches getreten war. Selbst die Fußspitzen konnte er schon erkennen.

„Weshalb ist da kein Schutzgeländer?" fragte er halblaut – ohne das Wort an jemanden zu richten. Er verstand seine Ruhe nicht, mit der er das Geschehen beobachten konnte.

Einen Augenblick kam ihm der Gedanke, laut zu rufen, damit die anderen Passanten aufmerksam wurden. Er unterließ es – ohne darüber nachzudenken, warum er das Desinteresse akzeptieren konnte.

Er beschloss – dabei die Frau auf dem Dach nicht eine Sekunde aus den Augen lassend – zu telefonieren, die Feuerwehr oder die Polizei zu alarmieren. Langsam glitt seine Hand zur Hemdtasche, doch ein Blick aus den leuchtenden Augen der Frau ließ ihn innehalten. Sie streckte ihm die Arme entgegen – und er spürte, dass er von ihr angezogen wurde. Er wusste, dass er fliegen konnte. Nicht der kleinste Zweifel stieg in ihm auf. Er konnte fliegen. Ein Gefühl von tiefer Freude erfasste ihn, als er langsam der Frau entgegen schwebte.

Die Frau nahm ihn auf dem Dach in ihre Arme – und die Kälte, die er eben noch spürte, konnte ihm nichts mehr anhaben.

Die Verwandten, die am Bett des Sterbenden saßen, weinten. Nach einigen Minuten sagte ein Mann: „Es ist gut, dass wir bei ihm waren. Es hat ihm geholfen, diese Welt friedlich zu verlassen."

Die anderen nickten und jemand meinte: "Er hat soviel leiden müssen in der letzten Zeit – doch er scheint ohne diese Tortur gegangen zu sein."

Eine leise Stimme: „Ich glaube, er ist geflogen, jedenfalls habe ich einen Windhauch gespürt." Jemand entgegnete „Wir wissen nicht, wie wir die Erde verlassen. Erfahren werden wir es erst, wenn wir uns verabschieden."

Stille kehrte ein, die Trauer war zu spüren.

*Mit einer Berufsgruppe hatte ich viel zu tun. Ich widme ihr
dieses Gedicht – und kann bestätigen: zwei ihrer Vertreter
haben es gelesen, und sie haben sich – teilweise – wieder
erkannt.*

PSYCHOLOGEN [P.]

Acht Jahre hatte ich zu tun
mit manchem Psychologen.
Bei ihnen, die fest in sich ruh'n,
scheint alles ausgewogen.

Wann immer etwas Arges droht,
wodurch die Menschen leiden,
gilt für die P. nur ein Gebot:
ganz souverän zu bleiben.

Der Mensch, der lebt im Jammertal,
ist hilf- und mutlos, meist alleine.
Das Leben ist die reine Qual,
nichts hilft ihm auf die Beine.

Ganz viele haben dann den Glauben,
es hilft nur Psychotherapie.
Den Kranken diese Hoffnung rauben,
das soll und darf man wirklich nie.

Wie Ärzte, Richter, Pädagogen,
so haben auch die Therapeuten
sich Sprachliches zurechtgebogen,
so dass nur sie es richtig deuten:

Wenn jemand Dich verständnisvoll
mit schräg gestelltem Kopf anschaut,
Dich spüren lässt, Du bist ganz toll,
dann hat ein P. Dich aufgebaut.

Der Satz: ‚Das lassen wir so stehen.'
ist auch ein klares Markenzeichen.
Es heißt: jetzt ist es Zeit zum Gehen,
die Zeit beim nächsten Treff wird reichen.

Irgendwann wird P. bekennen –
Du spürst die einst vertraute Kraft –
und Dir den wahren Helfer nennen,
nimm ihn an – Du hast 's geschafft.

Der Einzige, der Dich auf Dauer
herausholt aus dem ganzen Dreck,
der wartet hinter einer Mauer
er war stets da – war nie ganz weg.

Du bist es selbst, hast Dich verloren,
warst einfach Dir nicht gut genug.
Erkenne es, sei neugeboren –
und springe auf den nächsten Zug.

DIE OP-VORBEREITUNG

Herr Weber versuchte sich zu erinnern, wann er zuletzt in einem Krankenhaus war.

Vor mehr als 30 Jahren muss das gewesen sein. Er hatte in Idstein oder Camberg – er meinte, es war in Idstein – bei einem Handballspiel einen Zusammenprall mit einem Rothaarigen, der offensichtlich genauso einen harten Schädel hatte wie er. Der Kerl blieb auch liegen – und sie wurden zusammen ins Krankenhaus gefahren.

Es war eine Vorsichtsmaßnahme; man nannte das ‚zur Beobachtung'. Damals wurden sie am nächsten Morgen entlassen. Sportunfall – nichts besonderes, aber diesmal?

Er fühlte sich nicht wohl. Seine Gallenblase schien zu wissen, dass sie am nächsten Tag ihren Platz verlassen musste und vermutlich in einem Abfallkorb zur Entsorgung landen würde. Die Schmerzen waren nicht von schlechten Eltern.

Wie hatte der sympathische Arzt in der Notaufnahme gesagt: „Herr Weber, Sie können noch mal Schmerzen bekommen. Sie brauchen sie nicht zu ertragen, auf Station werden sie versorgt – auch mit Schmerzmitteln."

Überhaupt war die Atmosphäre recht gut, aber er konnte seine Aversion gegen Krankenhäuser nicht leugnen.

Die Schwester schien auch sehr nett zu sein. Sie zeigte ihm sein Zimmer und seinen Schrank – das alles unaufgeregt und humorvoll. Die Schmerzen kehrten zurück – er brauchte ein Mittel dagegen.

Herr Weber drückte auf den roten Knopf. Keine Sekunde verging, da wurde an die Tür geklopft, und im gleichen Moment wurde sie auch aufgerissen. Ein Arzt – jedenfalls hatte er einen Kittel an – stürmte strahlend auf ihn zu und stellte sich schon auf dem Weg zu seinem Bett vor:

„Dr. Gabriel, wie der Erzengel, ich bin Ihr Narkosearzt bei dem kleinen Eingriff, den wir morgen x-mal durchführen, so auch bei Ihnen und bisher – toi-toi-toi – noch immer mit

Erfolg beendet haben." Bei dem toi-toi-toi hatte er sich in bester Pennälermanier auf den Kopf geklopft.

Er sagte dann sein Sprüchlein auf – betonte die wichtige Aufgabe, die er hatte, wies auf die Risiken hin, fragte nach allen möglichen Dingen: Wenn Herr Weber etwas nicht wusste – Kinderkrankheiten beispielsweise - war es nach den Worten von Dr. Gabriel ‚pille-palle'.

Die Schwester war inzwischen zum zweiten Mal gekommen, diesmal mit dem Medikament.

Die Unterhaltung mit dem Anästhesist war inzwischen ins Private abgeglitten. Herr Weber fühlte sich richtig wohl, seine Gallenblase hatte sich auch beruhigt.

In ihm breitete sich eine zuversichtliche Ruhe aus – er fühlte sich in den richtigen Händen.

Dr. Gabriel sprang auf, reichte ihm die Hand und wünschte ihm eine gute Nacht. Auf dem Weg zur Tür rief er ihm zu:

„Seien Sie sicher, Herr Feldmann: Ihr Herz schlägt noch zuverlässig, wenn sie hundert sind!" Die Tür knallte ins Schloss.

Herr Weber hörte noch die Stimme – sagte er gerade Feldmann? Hatte man ihn verwechselt? Er starrte auf die Tür, richtete sich auf im Bett. Seine Hand glitt ganz langsam zu seinem Herzen – und er spürte es heftig schlagen.

Auch die Gallenblase meldete sich wieder ---!

In der Zeit der Liebe gab es auch Gedichte,
die nur Sehnsucht und Nähe zum Inhalt hatten.

Der an der Nadel hängt

Fühle dich nur nicht bedrängt,
doch was ich schreibe ist mir wichtig.
Erfahrung hast du mir geschenkt,
denn jetzt verstehe ich erst richtig,
was „süchtig sein" genau bedeutet.
Wenn Du an eines nur noch denkst,
vor Sehnsucht sich der Zeh enthäutet,
wenn du statt Wein dir Bier nachschenkst –
ins gleiche Glas – musst du noch wissen –
wenn dich ein Wollmäuschen erbeutet,
wenn du dich fühlst so ganz beschissen,
dein Denken ist stark eingeschränkt,
auf ein Ding nur fokussiert –
Du nur an eine Maid noch denkst:
dann hast du ernsthaft erst kapiert:
so fühlt, wer an der NADEL hängt.

Vor diesen ernsten Lebensdingen
möge das Schicksal dich bewahren.
Ich bin noch schwer mit mir am Ringen,
ob Du das alles sollst erfahren.
Du bist so rein und ganz unschuldig,
so dass ich dir auf keinen Fall –
wenn doch, dann zart und sehr geduldig
und nicht mit einem Wörterschwall –
des Lebens hässlich-grelle Fratze
brutal und richtig skrupellos
hinwerfe so wie einer Katze.

.

Auch bei anderen Situationen zeigte sich die gewachsene geistige Stärke

... und souverän geklärt

Es war vor ein paar Wochen erst, als er seine Souveränität unter Beweis stellen konnte. Ein junges Ding aus der Nachbarschaft – noch keine 40 – stand vor der Tür und fragte: „Hast Du etwas Zeit für mich? Ich muss mit Dir reden."
Er nickte, öffnete die Tür ganz weit, damit die Frau an ihm vorbei gehen konnte.
„Möchtest Du etwas trinken?" „Nein, ich möchte... ich weiß nicht, wie ich anfangen soll." „Am besten mit dem Anfang," sagte er lächelnd, um die Spannung abzubauen.
Sie ging nicht darauf ein, nahm einen Bleistift vom Tisch und rollte ihn zwischen ihren Händen.
„Also, ich habe Dir doch erzählt, dass es mal einen Mann gab, mit dem ich, na, den ich öfter besuchte, und..." nervös sah sie ihn an, unsicher, ob er die Sache erkannt hatte.
„Kann man ihn als Deinen Freund und Helfer in der Not bezeichnen, den andere ,Geliebten' nennen?" Nichts war ihm anzumerken, vor allem nicht seine Enttäuschung.
Insgeheim hatte er sich mit der Vorstellung angefreundet, bei ihr als ,Tröster' auszuhelfen. Dass diese Frau – eher unscheinbar und sehr still – einen Galan hatte – er hätte es nie gedacht. Für ihn war klar, warum sie das Gespräch mit ihm suchte. Er fühlte sich wohl in der Rolle des erwählten Partners, erwählt trotz körperlicher Behinderung.
„Er ist seit einigen Jahren mein Freund; verheiratet, zwei Kinder, aber die Ehe besteht nur noch auf dem Papier."
Sie erzählte dies hastig, ohne schamhaftes Getue.
„Wo habt ihr Euch denn getroffen?" wollte der Mann wissen, da die Frau nicht weiter reden konnte. Seine Stimme klang rau, er holte sich ein Glas und die angebrochene Flasche Grauburgunder. Mit einer fragenden Geste ließ er sich bestätigen, dass sie immer noch nichts wollte.

„In seinem Büro, da hat er ein kleines Apartment, also in dem Haus, in dem sein Büro sich befindet. Seine Frau weiß nichts davon."

Der Bleistift fiel auf den Boden, sie bückte sich und er bemerkte, dass in der Bluse wahrhaftig kaum etwas war. Die Haare erschienen ihm ein wenig dünn und ungepflegt, die ganze Erscheinung... Er nahm es staunend zur Kenntnis, hatte er sie doch bisher mit anderen Augen gesehen.

„Um was geht es eigentlich? Hat er Schluss mit Dir gemacht?"

„Nein, er will mich sehen, aber ich weiß nicht, ob ich - sie schaute ihn an und fügte an - er hat noch eine andere Frau."

„Und was ist daran so schlimm?" fragte der Mann, sich zurücklehnend und nahm einen Schluck Wein.

„Ja, das geht doch nicht!" Ihre Stimme klang etwas schrill in seinen Ohren „Seine Frau ist mir egal, bei ihr bleibt er wegen der Kinder, aber eine andere Frau, nein, das ist Betrügen!"

Ruhig und souverän kam die Frage:

„Hat er EINMAL nicht gekonnt, wegen der anderen Frau? Das wäre ein Grund, sich aufzuregen, aber sonst? Was verbindet Euch denn außer Sex?"

Die Frau schaute ihn verständnislos an.

„Ja, soll ich mir das gefallen lassen?"

Er lächelte: „Das ist doch nur Austauschen von Körpersäften. Sowohl Männer als auch Frauen haben mehr als genug davon. BETRÜGEN" er betonte das Wort „betrogen werden nur seine Frau und die Kinder. Betrogen werden sie nicht durch das bisschen Bumsen, betrogen werden sie durch den Verlust an Zeit, die er mit seiner Familie verbringen könnte."

Er schaute sie an, seine Aussage klang nach, er fühlte sich intellektuell gut.

„Ich kann doch nicht," begann sie, immer noch mit fassungslosen Augen „es geht doch nicht, dass er," sie schüttelte den Kopf.

Nach einer kurzen Pause, sie malte mit der ungespitzten Bleistiftseite unsichtbare Männchen auf ihr Set.

„Ich habe ihm am Telefon gesagt, wenn er nicht mit der Klara Schluss macht, braucht er nicht mehr anzurufen."

„Du kennst Deine Rivalin?" Das Erstaunen war hörbar.

„Natürlich, mit der hatte er vor ein paar Jahren schon mal..." Ihm fiel auf, dass sie oft den Satz nicht beendete. Er hatte es nie bemerkt.

„Was ist es eigentlich, was Du von mir willst?" Keine Ungeduld war zu hören, nur Neugierde. „Soll ich mit IHM oder IHR reden?"

„Nein, auf keinen Fall!" Es klang erschrocken. „Ich will ihn anrufen und ihn fragen, ob er noch mit ihr zusammen ist."
Einen Schluck Wein nehmen. Zeit gewinnen.

„Und wenn er sagt, es sei vorbei?"

„Er hat mich vor drei Jahren schon mit der Klara hintergangen; damals hat er mir auch erzählt, es sei Schluss, aber es stimmte nicht."

Man konnte ihm seine Überlegenheit deutlich ansehen, er gab sich keine Mühe, sie zu verbergen.

„Ann, Du solltest etwas überlegen: wenn Du anrufst, ist es egal, was er sagt, denn Du glaubst ihm nicht. Was passieren kann, ist, dass er die Beziehung zu Dir wegen Deiner Eifersucht beendet. Du musst entscheiden, ob Du ab und zu Hitze in Dir spüren willst, dann nimm das Andere billigend in Kauf, oder ob Du vor Ekel wegen der Anderen..."

Er brach ab, denn in den Augen seines Gastes stand pures Unverständnis.

Er fand sein Schlussplädoyer glänzend, doch das Gefühl sagte ihm, er hatte nicht das gesagt, was angebracht gewesen wäre. Er stellte sich jetzt vor, mit seiner Nachbarin Ann etwas zu haben, kurz nach dem Typ.

Was hatte er an ihr gefunden?

Als sie gegangen war, wurde es wieder still um ihn. Nicht nur die Worte fehlten, auch eine Hoffnung, fast Gewissheit, die der Wohnung Helligkeit gegeben hatte, war nicht mehr da. Zum Glück?!

So kommen jetzt folgerichtig Geschichten und Gedichte, die hier nicht erwartet werden :Nicht alles, was geschrieben wird von Kranken, muss von Kranken handeln. Es gibt die guten Stimmungen, die Bilder wachrufen - und nach Beschreibung verlangen,

Winterwald

In der Wintersonne strahlen
die Eiskristalle an den Ästen.
Ach, könnte ich nur richtig malen,
man würde dieses Bild sehr schätzen.

Auf den Tannen liegt der Schnee
wie Watte, sorgsam aufgezogen,
er leuchtet, tut den Augen weh.
Man lässt sie auf, wird sonst betrogen

um ein friedvolles Empfinden.
Wo ist die Unrast nur geblieben?
Kann dieser Anblick überwinden
Das Schwere, das wir von uns schieben?

Ein zauberhaftes Rot im Dunst,
so steht die Sonne tief im Westen.
Für mich ist das reale Kunst,
so fühle ich sie noch am besten.

Es ist schon spät und mir wird kalt,
nur zögernd gehe ich zurück
durch den Wunder-Winterwald,
und ich fühle pures Glück.

Winterwald II

Leb- und farblos, richtig alt
wirkt auf mich der Winterwald.
Äste, dünn mit Reif bedeckt,
sind ins graue Nichts gereckt.

Der Schnee, der gerade niederfällt,
bringt etwas Helles in die Welt.
Die Wolkendecke ist ganz dicht,
diffus ist dadurch auch das Licht.

Eine dunkelgrüne Wand,
weiß bestäubt mit leichter Hand,
Nadelbäume stehen dicht,
nehmen mir die ganze Sicht.

Ein kalter Wind, plötzlich erwacht,
jagt den Schnee mit aller Macht
in mein verfrorenes Gesicht –
ich spür', wie jede Flocke sticht.

Ich gehe auf dem schnellsten Wege
zurück nach Haus und überlege,
den Winterwald wird's weiter geben,
er sammelt Kraft – für neues Leben.

Mit diesen Krankheiten ist nicht immer gut zu Leben.,
Unwillkürlich kommen die Gedanken auf das, was uns
erwartet, wenn wir diesen Kampf verloren haben.-
Himmel – Hölle – wo zum Teufel ist das.?
Was geschieht mit dem Weltall – sind wir irgendwo da??
Gedanken zur Raumfahrt und den Mitbewohnern

ENTWEIHT

Langsam sich windend
durchs Dunkel der Nacht,
endlich verschwindend:
Der Tag ist erwacht.

Gedanken, sie schweben
zurück zu dem Mond.
Es gibt dort kein Leben,
er ist unbewohnt.

Von menschlichen Füßen
betreten – entweiht (?)–
muss er dafür büßen:
Der Mensch ging zu weit!

Asyl für die Liebe
bleibt nur noch ein Stern.
Träum' dass es so bliebe.
Doch der Tag ist nicht fern,

wir betreten ihn auch
Kein Mythos verbleibt,
kein uralter Brauch,
den ein Mensch noch beschreibt.

Wer will wirklich hin?
Alle sind kalt und leer.
Da macht es mehr Sinn
und ist auch nicht schwer,

Stets darauf zu achten
auch Fremdes zu ehren,
als Maxime betrachten
nicht die Welt zu bekehren!

Wenn wir uns nur kümmern
 was bei uns geschieht,
und nicht mehr zertrümmern,
weil's anders aussieht,

uns einfach erlauben,
mit Fremden zu wohnen,
nicht mehr daran glauben:
man darf nur sich klonen.

Auf unseren Feldern
ist der Wechsel normal.
Nur unseren Wäldern
ist es scheinbar egal

Der Wind in den Eichen
lässt Blätter erzittern,
sie müssen bald weichen,
um dann zu verwittern.

Vermischt mit dem Laub
der anderen Pflanzen
und auch mit dem Staub
von vielen Substanzen

So entsteht die Mixtur
für ganz neues Leben –
wir brauchen doch nur
unser Plazet zu geben.

Den Zyklus erleben
als Zeuge vor Ort
ist immer mein Streben,
drum geh ich nicht fort.

Der Mond bleibt noch lange
der Liebenden Traum.
Mir ist da nicht bange,
es ändert sich kaum.

Der Besuch

Sie verschwand in der Dunkelheit, nur noch das Taxi war zu erkennen, das sie zum Bahnhof bringen würde. Auf den Lippen noch der Geschmack ihres Kusses, der so süß war wie in der Zeit, als sie sich noch liebten.

Die Liebe war noch wach – bei ihm – was sie empfand...
Volker saß ratlos an der Tastatur – er wusste es nicht.

Das, was er empfand – war es Liebe?

War es nicht der verzweifelte Versuch eines älteren Mannes, etwas zurück zu holen, das „MAN" gestohlen hatte. IHM gestohlen?

Sie hatte sich zu ihm gesetzt, seine Hand genommen – er hatte nicht einmal den Daumen streichelnd bewegt; sie hätte vielleicht die Hand zurückgezogen.

Als das Taxi verschwunden war, empfand er eine tiefe Trauer.

Hatte er wirklich vor Monaten ihre Liebe verloren – oder hatte auch sie ihn nur gebraucht für --- wieder stockt der Schreiber:

Für was soll sie ihn je gebraucht haben?

In den ersten Monaten war sein Zauber noch bestimmend. Der Charme verfing bald nicht mehr, verflachte, seine Bedeutung nahm ab.

War das nur Sehnsucht – die Sehnsucht des alternden Mannes nach ihren frischen Brüsten, ihren festen Armen, die sie ihm um den Hals legte, ihn an sich zog und auf eine Art klammerte, die Unbeschreibliches in ihm weckten.

Er sprach damals von Liebe – sie sprach auch davon; was war wirklich?

Bei IHM – bei IHR?

Der Besuch tat gut. Seine Lippen werden das Gefühl bewahren – seine Finger nicht aufhören davon zu träumen, ihre Brüste berührt zu haben.

Sein Verstand lächelte den Gefühlen zu – nicht überheblich – verständnisvoll.

Es werden noch viele Begegnungen folgen, der Verstand wird irgendwann dominieren – und bis dahin den Gefühlen freien Lauf lassen.

Die Gefühle wiederum werden genießen, und sich dennoch ihrer Vergänglichkeit bewusst sein.

Der Verstand lächelt immer noch – die Gefühle haben sich normalisiert, sind aber noch voll leiser Hoffnung.

Auch sie sehen die Realität – und werden sie anerkennen!

Es wird aber eine harte Geschichte, endgültig Abschied zu nehmen.

Er wird es schaffen…!

~~~~~~

Ein Brief, in einer Stimmung geschrieben, die nur sensiblen Menschen gegeben ist. Es kann ein fiktiver Adressat sein, der / die nicht vorhandenen – aber sehnsüchtig gesuchten Partner(in) ersetzt; jemand, den man an seiner Seite haben möchte

Warum schreibe ich es DIR?

Bedenke bei allem, was ich dir schreibe:
Ich bin ein sehr hoffnungslos kranker, aber nie verzagender Mensch, der von Dir Dinge verlangen / erwarten / annehmen würde, die kein netter Mensch dir zumuten könnte. Ich mache es – weil ich dir alles wiedergeben will, was du mir gibst.
Ich weiß – es ist nicht genug – aber es ist alles, was ich habe!

(das habe ich nach dem Schreiben vorgeschaltet)

Wenn diese Geschichte geschrieben ist, und wenn ich die Geschichte so schreibe, wie ich es jetzt vorhabe, wenn ich dann noch bei der Wahrheit bleibe – und der Sache die Krone aufsetze und sie dir schicke – dann werde ich mich über meinen Mut wundern.

> SIE ist eine Frau, die unvergleichlich ist, die keinen Namen hat, keine Gegenwart, keine Vergangenheit und nur vielleicht eine Zukunft,

Wie komme ich dazu, einer Frau, die ich 1000 Jahre kenne und doch nichts von ihr wusste, die ich schon lange sehr gerne habe, ohne es ihr zu offenbaren, einfach ins Herz geschlossen, ohne Ansprüche anzuzeigen, die ich erst näher kennenlernte, als ich ihr etwas nicht abschlagen wollte, ja, wie komme ich dazu, dieser wunderbaren Frau die schwärzesten Geschehnisse meines Lebens zu beichten?

Was hat meine Seele geöffnet, ihr mein grenzenloses Vertrauen zu schenken, ihr etwas in die Hand zu geben, das nur wenigen zu gestanden wurde?

Wie kann die Berührung meiner Haut beim Eincremen – gefühlt ohne Realität, nur diese Vorstellung – ein Gefühl der Verlorenheit erzeugen, den Verlust von Zärtlichkeit spüren lassen?? UND dennoch zu ertragen sein?

Dabei ist das Verlangen, das mein Denken so lange geprägt, mein Leben / Gefühlsleben beherrscht hat.

in den Hintergrund geflohen, ist nicht mehr so dominant, nicht mehr das eigentliche Ziel meiner Wünsche.

Schon einmal hatte ich die Sexualität nicht mehr als die Triebfeder der Zweisamkeit gesehen.. Diese wilde Lust wurde wieder geweckt – und nun kommt der nächste Schritt in Richtung nachlassender Bedeutung.

Wer sagt mir die Anzahl der Schritte bis zum endgültigen Aus?!

Mein Sehnen gilt jetzt Nähe und Zärtlichkeit, das sanfte Berühren Deiner Haut, auf das Berührt werden.   .

Ich mag nichts süßlich Geschriebenes; ich möchte in diese Geschichte all das legen, das ein Mensch empfinden kann, möchte es ausdrücken, ohne das eine Wort zu gebrauchen, weil ich es IHR nicht als Mühlstein um den Hals legen will.

Ich habe Musik von Mike Brant (z.B. Laisse moi t'aimer) gehört und es kamen Gefühle in mir hoch, die schon lange nicht mehr meine waren, weggeräumt nach einer längst vergangenen Zeit in die Schubladen des langsamen Vergessens.

Wie dieses Fühlen Besitz von mir ergreifen konnte - ich weiß es nicht .

. Was ich IHR mit diesem Brief sagen wollte:
Mein Traum ist es, unserem Umgang die Unschuld zu bewahren. Die Unbefangenheit – mein Ziel,!

Sieht einem Liebesbrief (DA ist das Wort, das es zu vermeiden galt) sehr ähnlich.
ES SOLL ABER KEINER SEIN!!
Ich schrieb, was ich sagen würde, wenn meine Worte gefragt wären. Ich schrieb – und bin nun freier. Das Schreiben hat seine Kraft behalten.
Ende .
Das wäre ein gutes Ende – doch ich habe noch nicht genug!

also weiter

Ich möchte Dich nicht mehr aus den Augen verlieren, möchte Dich hin und wieder Treffen, Dich wie eine Freundin – nicht Geliebte (später?)– berühren dürfen.
Ich wage es, mein Idol aus der Jugend zu zitieren:
ELVIS:
Now the stage is bare and I'm standing there
With emptiness all around
And if you won't come back to me
then make them bring the curtain down.

Das Leben ohne Liebe – Zärtlichkeit – Nähe:
    nicht lebensfähig

    WOHIN MIT DEN GEFÜHLEN?

Mein Traum ist es, *unserem Umgang die Unschuld zurück zu geben: Die Unbefangenheit !!*

Sie fühlte sich schlecht, erzählte, nichts mache sie
richtig – sagt ihr Mann - sie weiß nicht mehr weiter.

Nimm dich an

Die Weißheit wurde mir mit Trichtern
als Knabe sehr früh eingeflösst .
Ich zählte mich stets zu den Lichtern,
auf die die SUCHENDE stets stößt.,

Für einen Gang durch dieses Leben:.
ist das Licht nun etwas schwach.
Ich kann nichts Helleres dir geben –
Du weißt es – denn du bist hellwach:

So hell – von dir selbst angezündet –
Sei das Licht, das dich begleitet.
Wenn die Einsicht darin mündet,
das du auf dies bist vorbereitet:

willst du für die Zukunft planen
finde Dich mit dir erst ab.
In dir ist schon dieses ahnen:
für Änderungen wird es knapp.

Du hast doch selber eingesehen.
Niemand hat das tumbe Recht
Den anderen noch umzudrehen –
Was dabei rauskommt ist meist schlecht.

Wenn du dich selbst nicht akzeptierst
Dich nur an Negativem misst
Dann ist es klar, dass du verlierst
Wenn du das Gute ganz vergisst

Nimm dir mal ein Stück Papier:
in die Mitte kommt ein Strich
Schreib rechts: das ist ganz gut an mir –
Und links: das find' ich widerlich

:Du wirst es sicher bald erkennen.
Schlechtes fällt Dir sehr schnell ein
Doch das Gute an dir nennen –
kann wie harte Arbeit sein

Es ist schwer, bei allem, was geschieht, die Frage zu hören: wie haste das nu wieder angestellt?

DER MIT DER SCHULD LEBT

WENN MIR EINMAL EIN SATELLIT
AUF DIE WEICHE BIRNE FÄLLT.
DIE SCHULD DARAN TRAG ICH DANN MIT:
ICH HAB MICH JA DA HINGESTELLT!!

WENN MEIN KOPF SICH WIEDER SENKT.
DANN BIN ICH SELBER SCHULD.
EIN JEDER VON DEN FREUNDEN DENKT,
MIR FEHLT EINFACH GEDULD.

WENN UNTER MIR DIE ERDE BEBT
UND ICH BIN DAVON AUFGEWACHT
HÖR ICH. „NIE HAT MAN DAS ERLEBT –
WIE HAST DU DAS ERNEUT GEMACHT?"

WENN ICH AN EINEM KRATER STEH
DER JAHRELANG NICHT MEHR GESPUCKT
UND DANN DAS LAVA KOMMEN SEH:
HEIßT ES: DU HAST ES WACH GEKUCKT!

WENN EINE BOMBE EXPLODIERT
AN EINEM VOLLBESETZTEN ORT
DANN FRAGT MAN MICH DOCH GARANTIERT.
WAS MACHAST DU AUSGERECHNET DORT?

ES IST NICHT LEICHT, DAMIT ZU LEBEN,
DOCH ICH BIN ES JETZT GEWOHNT
NOCH KANN ICH JEDEM KONTRA GEBEN –
DOCH DAS HAT SICH NICHT OFT GELOHNT

Geschrieben im Nov. 2010 Meine Tochter hatte den Notarzt
alarmiert, weil ich Schmerzen in Brust und Bauchbereich
hatte. In der Wohnung und im Krankenwagen hörte ich die
Ärztin dreimal sinngemäß gesagt: „Gebt dem Mann noch
mehr. WIR WOLLEN IHN NICHT VERLIEREN:" Ich hatte
abgeschlossen mit der Welt – fand auch den Zeitpunkt
richtig. Meine Mutter wurde 51, meine Schwester 62, mein
Vater 74. Damit hatte ich das Durchschnittsalter
überschritten – ready to take off.

FEIERABEND

Abschied, der nicht weh tut

Vor einer Woche erst geschehen.
Kann ich das schon jetzt verstehen?
Hab ihn seh'n – den Sensenmann,
er war ganz nahe an mir dran.

Das Gott mich rief, fand ich gerecht –
ein langes Leben wäre schlecht.
Im Sommer hatte ich erreicht -,
Das machte mir den Abschied leicht. -

das Durchschnittsalter meiner Sippe.
Ich sprang nicht von Gevatters Schippe.
Die Schmerzen waren unerträglich
Ich litt so schlimm – es war unsäglich.

Dreimal hört' ich die Ärztin sagen:
„Wir wollen ihn doch nicht verlieren."
Mir war's egal, ich wollte' nichts fragen,
Gedanken führte ich spazieren.

Dreihundert Blutdruck – hab's ertragen!
Mit Horn und Blaulicht fuhr der Wagen
durch Straßen, die ich oft befahren
ich schaute, sah nicht, wo wir waren.

Der Gedanke war konkret –
ich hörte , wie es um mich steht.
Der Schmerz in Bauch und in der Brust,
wurden mir so recht bewusst.

Keine Angst, es war ganz leicht –
ich spürte:: bald ist ‚es' erreicht.
Doch als im hektischem Gewimmel
die Notaufnahme, nicht der Himmel,

standen zum Empfang bereit
war ich doch noch nicht bereit.
Es ging der Tod – es kam das Leben
Sehr oft braucht es das nicht mehr geben,

Diese Geschichte mit einem Blutdruck von 290/
weit über hundert war eine einmalige Geschichte. Ursache
war übrigens die Gallenblase. Man hat sie mir entfernt –
nun ist wieder Ruhe an dieser Front, An das Problem
GEHEN habe ich mich schon – fast – gewöhnt.

GEHEN

Ist es wieder mal so weit,
dass die Beine nicht mehr wollen?
Ist es wirklich an der Zeit,
das sie nicht können, was sie sollen?

Das ich an der Ampel stehe
und mir wieder eingestehe:
es geht ganz einfach nicht ?
Verzehnfacht hat sich mein Gewicht:

So jedenfalls ist das Empfinden.
Ich versuche zu ergründen,
was die Schwäche wohl bestimmt!
Wenn sie jetzt auch nur noch glimmt,

die Fackel, die man Hoffnung nennt,
sie brannte bei mir permanent.
In der ganzen letzten Zeit,
war mir nie ein Weg zu weit.

Die Ruhe ist zurück gekehrt –
nichts, was an den Nerven zehrt.
Die Psyche kann es auch nicht sein,
denn ich fühle mich nicht klein.

Will die Krankheit mir vorgaukeln
alles soll zu Ende gehen
Ich werd das Kind noch lange schaukeln
Auch diese Phase wird nvergehen.

Die Situation ist bekannt: es passiert etwas. Mehrere Leute sehen es, und doch sind die Berichte unterschiedlich. Ein Treffen aus der Sicht von ihr und ihm.

Der Abgang
* * * * SIE * * * *

Langsam löste Volker sich aus ihren Armen, gab ihr noch einen zarten Kuss. Er stand von ihrem Bett auf und ging zur Tür. Dort drehte er sich um und warf ihr einen Luftkuss zu: „Schlaf gut – schlaf Dich gesund."
Winkend zog er die Tür zu.
Katharina hörte seine leisen Schritte im Flur, das Geräusch der Tür. Als das Schloss mit lautem Geräusch einschnappte, ließ sie sich in das Kissen sinken. Es war das erste Mal, das Volker nicht im Wohnzimmer übernachtete, nachdem sie im Bett noch eine ganze Weile gekuschelt, Zärtlichkeiten gegeben und genossen hatten.
Er ist einfach gegangen. Einfach so.
Katharina ließ den Nachmittag und Abend wie einen Film ablaufen. Sein Kommen am Nachmittag hatte sie überrascht, denn er wollte um sechs Uhr eintreffen. Sie begrüßte ihn ganz lieb mit einem zarten Kuss – ging dann wieder zurück zum PC und fuhr mit dem Bearbeiten von Bildern fort, die sie am Tag zuvor geschossen hatte. Gerade zurückgekehrt aus der alten Heimat, wollte sie die Fotos gleich bearbeiten.
Volker war ins Wohnzimmer gegangen – doch nach wenigen Minuten trat er zu ihr und fragte mit säuerlichem Gesicht: „Ist es Dir lieber, wenn ich gehe?" – Sie war überrascht über sein Unverständnis und brach in Tränen aus:
„Du sollst nicht gehen, aber Du wolltest um sechs kommen und ich wäre bis dahin fertig gewesen."

Katharina seufzte bei dem Gedanken, dass die Bilder wirklich nicht bearbeitet werden mussten, aber – es war ihr Hobby.

Sie drehte sich auf die Seite. Ihre eben noch vorhandene Müdigkeit war einer nachdenklichen Stimmung gewichen. Sie dachte daran, dass sie bei den letzten Treffen immer sehr früh ins Bett gegangen war.

Sie spürte die Müdigkeit nicht mehr. Ein unbehagliches Gefühl erfasste sie: Gaukelte ihre Psyche die Müdigkeit vor? War es nicht die beginnende Sprachlosigkeit, ein untrügliches Zeichen einer sich dem Ende neigenden Beziehung?

Bei anderen Gelegenheiten hielt sie es länger aus. Abende mit Kollegen – sie hielt mühelos durch. Nirgends fühlte sie sich sicherer und zufriedener, die Gespräche drehten sich um Dinge, die sie beschäftigten, die sie interessierten. Auch belangloser Small-Talk gehörte irgendwie dazu – war akzeptabel.

Mit Volker hatte sie zunehmend Probleme; oft wusste sie nicht, was sie mit ihm reden sollte.

Sie lächelte bei dem Gedanken, dass sie in diesem vertrauten Kreis ihren 30ten Geburtstag feiern würde – ohne Volker. Mit vertrauten Kollegen, auch Ehemaligen, mit denen es keine Probleme geben würde.

Es war gut so.

Volker hat für den Freitag danach eine Überraschungsparty für sie organisiert – auch darauf freute sie sich. Er war sehr um sie bemüht, seine Liebe schien grenzenlos – fast schon beängstigend.

Sie wusste nicht, wen er einladen würde; wichtig war – sie waren dann zumindest nicht allein.

Sie stand auf, um den PC auszuschalten.

Katharina fiel ein, dass er es schaffte, sie aus dem Weinen wieder zum Lachen zu bringen. Eine richtige Gabe, die aber – wie so manche andere Eigenart – ihren Zauber mehr und mehr verlor.

Über 20 Monate waren sie zusammen. Anfangs war sie beeindruckt von seiner ganzen Art, von seinem Auftreten. Sie beendete sogar ihre bis dahin einzige Liebschaft.

Die Zeit mit Volker wurde immer mehr mit Spielen verbracht, aber seine Zärtlichkeiten und sein Umsorgen wollte Katharina nicht missen. Bei allen Unzulänglichkeiten – er gab sich redlich Mühe, ihr ‚Entspannung' zu verschaffen.

Sie spürte diesen Zwiespalt ihrer Gefühle, war weit davon entfernt, eine Entscheidung herbeizuführen. Seine Liebe machte es nicht einfacher. Ihre Lebensgewohnheiten waren so unterschiedlich – der Altersunterschied von mehr als 30 Jahren war auch ein Faktor.

Langsam verloren sich ihre Gedanken. Sie wurde wirklich müde, konnte nicht mehr ihren eigenen Überlegungen folgen.

Ohne lange Überleitung glitt sie in den Schlaf...

Der Abgang
* * * ER * * *

Er stand von ihrem Bett auf und ging zur Tür. Langsam drehte er sich um und warf Ihr einen Luftkuss zu: „Schlaf gut – schlaf Dich gesund."

Winkend zog er die Schlafzimmertür zu.

Mit leisen Schritten ging er zur Wohnungstür, öffnete sie leise, als würde Katharina bereits schlafen. Als das Schloss einschnappte, klang es im Treppenhaus wie ein Schuss.

Bisher hatte er ihre Müdigkeitsattacken akzeptiert, kuschelnd Abschied genommen, in ihrem Bett, und manchmal wurde es noch sehr lebhaft und schön, sowohl für ihn als auch für sie.

Danach war das Wohnzimmer sein Asyl, in dem er alleine, schreibend, fernsehend oder lesend die Zeit verbrachte, bis auch ihn die Müdigkeit erreichte.

Heute war es anders. Er ist einfach gegangen. Einfach so.

Der Spaziergang, das Abendessen, die Spiele hatten die Zeit überbrückt; nun brach die Zeit für Gespräche an.

Nicht mehr für sie.

Sprachlosigkeit beschämte.

Volker ließ den Nachmittag und Abend wie einen Film ablaufen.

Sein Kommen am Nachmittag hatte sie überrascht, denn er wollte erst um sechs Uhr eintreffen. Sie begrüßte ihn ganz lieb mit einem zarten Kuss – ging dann wieder zurück zum PC und fuhr mit dem Bearbeiten von Bildern fort, die sie bei dem Trip in den vergangenen Tagen aufgenommen hatte.

Es hatte ihn verletzt, er hatte einen anderen Empfang erwartet. Der Versuch, die Balance zu finden, schlug fehl.

Nach wenigen Minuten trat er zu ihr und fragte mit säuerlichem Gesicht: „Ist es Dir lieber, wenn ich gehe?" – Sie schien überrascht über sein Unverständnis und brach in Tränen aus:

„Du sollst nicht gehen, aber Du wolltest um sechs kommen und ich wäre bis dahin fertig gewesen."

Er war es wieder, der Tränen ausgelöst hatte. Er schaffte es in letzter Zeit immer öfter. Oder war er im Recht – musste sie mehr auf ihn eingehen?

Volker war sicher, dass die Bilder wirklich nicht bearbeitet werden mussten – aber: es war ihr Hobby. SIE wollte diese Fotos *jetzt* in die Öffentlichkeit bringen.

Er stand vor der Haustür, abends um halb zehn, hatte Zeit bis zur Abfahrt.

Langsam ging er Richtung Bushaltestelle, auf der Suche nach einer Erklärung.

Es häuften sich die Abende, an denen sie schon gegen sieben schläfrig schien.

Er fragte sich, woher das kommen könnte. Für ihn gab es nur eine Erklärung – es machten sich immer deutlicher Probleme bemerkbar, die in aller Regel die Beziehung beenden – und nur schwer reparabel sind.

Sprachlosigkeit – hervorgerufen auf Grund verschiedener Lebensumstände, Interessen – 30 Jahren Altersunterschied – und Wünsche.

Über 20 Monate waren sie zusammen.

Volker dachte an den Anfang, ihre Art zu sprechen, an ihre ersten Gedichte für ihn – an ihre liebevolle Fürsorge.

Sie konnte ihm zuhören – brachte selbst Gedanken ein in die Gespräche mit ihm.

Auch er würde gerne weiter zuhören, aber es kam nichts mehr.

Er war an der Bushaltestelle, seine Gedanken blieben bei ihr – und er versuchte sich zu erinnern, wann sie zuletzt miteinander geschlafen haben – zwei, drei Wochen?

Er dachte an Umkehren – zurück zu ihr, nachholen, was in letzter Zeit versäumt wurde.

Als der Bus kam, stieg er ein.

HASS

Heue Nacht beim Psycho-Lesen
ist mir ständig nah gewesen,
die Thematik, nur gewählt,
weil Dich das unglaublich quält.

Hass kann niemals hilfreich sein!
Der Betroffene allein,
suhlt sich in den Hasstiraden –
um vor allem sich zu schaden.

Keine Hilfe scheint zu greifen,
in dem Menschen lässt es reifen
die Idee, er ist nichts wert –
macht doch alles ganz verkehrt.

Draußen vor der Psycho-Wand
bleibt der Helfer – selbst ernannt!
Hilflos sieht er schließlich ein:
er ist dafür wohl zu klein.

Er beschließt, zu akzeptieren,
dass er am Ende kann verlieren
diesen Mensch, der ihm vertraut
und auf seine Hilfe baut.

Weiter hat er nachgedacht,
dass er alles richtig macht,
wenn er zeigt, er ist stets da,
ist dem Menschen immer nah.

Nichts kann seine Liebe mindern,
nichts kann ihn auch daran hindern,
positive Energie
auszusenden – nur für sie.

Vögel um sechs

Waren sie früher lauter?
Oder ist es im April zu früh
morgens um sechs
für ihren Gesang?
Sind Ende Juni morgens
die Amseln früher zum Rufen bereit?
Die Tauben geneigter zum Gurren?
Die anderen Vögel singen noch nicht?

Morgens um sechs.
In Calla Milor Ende April,
wachten die Tauben mit uns –
sagen sie sich jetzt auch schon so viel?
Ende Juni waren es die Amseln,
die unseren Heimweg vom Weinmarkt
begleiteten mit ihrem lauten Rufen –
damals an der Bergstraße.

Liegt es am Nestbau, kommt ihre Lust
zum Singen von diesem erwachenden Trieb?
Sind auch die Vögel älter geworden –
und damit sehr viel leiser?
Und wenn sie leiser sind, ziehen sie
sich zurück, um ihre Lust zu genießen?
Haben sie vielleicht keinen Drang Ende März,
weder zum Singen noch zur Paarung?

Unbeantwortete Fragen – zu unwissend
für die Antwort. Fragezeichen als Zeichen
der Hoffnung, dass es eine Zeit der Lust,
eine Zeit des Frusts gibt.
Gewissheit wird durch Ausrufezeichen
manifestiert. So lange sie fehlen, bleibt uns
wenigstens noch die Hoffnung.

Der Weg des Bären

Es war sie, die den neuen Weg einschlug, nicht, ohne es vorher anzukündigen.
Er hatte keine Wahl – mitgehen oder sie ziehen lassen. Ihm blieb die Möglichkeit, es auf eine Machtprobe ankommen zu lassen. Er redete sich ein, diese Option zu haben, tatsächlich hielt ihn die Angst vor dem Scheitern zurück.
Sie war in den letzten mehr als drei Jahren zu einem Teil seines Lebens geworden, der für ihn eine nie gekannte Dimension erreicht hatte. Schon mehrere Partnerinnen hatten ihn in Gefühlswelten geführt, die ihn berauscht hatten. Doch in dieser intensiven Form hatte er es noch nicht erlebt. Nur sehr selten war es geschehen, dass er sein Gefühlsleben nicht mehr unter Kontrolle hatte.
Er wusste: Käme der Jüngere – er hätte keine Chance. Sie würde gehen, und er war sicher, sie gehen lassen zu können.
Weil er nur so wenigstens überleben würde.
Doch es war niemand im Revier, der gefährlich werden könnte.
Oder doch?
Er glaubte nicht daran, und sein Gefühl hatte ihn bisher nie im Stich gelassen.
Dennoch ließ er zu, dass sie die Richtung bestimmte.
Instinktiv wusste er, dass dies der Anfang vom Ende war.
Als sie gegen Abend eine mit dickem Laub ausgepolsterte Stelle fand, legte sie sich leise seufzend hin. Der alte Bär schnüffelte nach dem Wind, und er suchte sich in ihrer Nähe einen Platz, der wenigstens ihren Geruch zu ihm trug.
Er wusste um seine nachlassenden Kräfte – doch für einen Kampf gegen den nächsten Rivalen fühlte er sich stark genug.
Er würde es den Jungen noch einmal zeigen, einen einzigen Sieg wollte er noch erringen.
In der Nacht schlief der Wind ein, der Geruch der Partnerin fehlte, sein Schlaf war nicht sehr tief und erquickend. Als er den jungen, riesigen Rivalen sah, der von der anderen

Seite auf ihn zustürmte, war er sofort hellwach. Der Alte nutzte das ungestüme Anstürmen des Jungen, wich im letzten Moment aus und traf ihn mit einem Prankenhieb, der bisher jeden Bären zur Strecke gebracht hatte.
Diesmal war das Ergebnis nicht ausreichend, und nach wenigen Sekunden war der Kampf entschieden.
Der Alte blutete aus mehreren Wunden – er drehte seinem Widersacher den Rücken zu und verschwand unbehelligt im Wald.
Er war noch nah genug, um zu hören, dass die neue Partnerschaft naturgemäß vollzogen wurde.

Manche Wege sind nicht einfach

Als meine Kinder klein waren habe ich ihnen Geschichten erzählen. Sie suchten sich eine paar Tiere aus – oder ein Thema – und ich erzählte frei von der Leber weg. Allerdings hatte die Sache einen Haken: Das Gedächtnis von Kindern ist phänomenal. Wollten Sie die Geschichte wieder hören, mussten es die gleichen Abläufe, gleichen Namen ... , es musste diese Geschichte sein. Nach dem zweiten Reinfall schrieb ich die Geschichte auf, die immer wieder verlangt wurden.
Das ist eine davon -

DER WIND

Es gab mal eine Zeit, da wurde die Wäsche noch zum Trocknen aufgehängt, Getreideernten noch mit dem Dreschflegel bearbeitet und anschließend die Spreu von den Körnern getrennt. Dafür brauchte man den Wind. Man brauchte ihn dringend für viele andere Gelegenheiten. Es war ein Leben voller Mühsal, doch die Menschen waren zufrieden, kannten sie doch kein anderes Leben.

Zu dieser Zeit begab es sich, dass bei einem kleinen Dorf ein frischer, übermütiger Wind auf Schabernack aus war. Erst strich er sanft über die golden glänzenden Kornfelder, so dass die vollen Ähren wie die Wellen des großen Meeres wogten. Dann fuhr der freche Geselle durch die Baumkronen des nahen Waldes, riss manches zu früh welkende Blatt vom Ast, so dass es taumelnd zu Boden schwankte, um später faulend seine zweite Bestimmung zu erfüllen.

Immer dreister wurde der Wind, er suchte eine Gelegenheit für einen lustigen Streich.

Leise vor sich hin pfeifend näherte er sich dem kleinen Dorf; hier hoffte er, ein ,Opfer' für seine gutmütige Schelmerei zu finden.

111

Auf dem Dorfplatz hatten sich nach dem harten Tagewerk einige Männer unter die Dorflinde begeben. Sie besprachen die bevorstehende Ernte, schmauchten dabei genüsslich ihre Feierabendpfeifen. Unter ihnen war auch ein groß gewachsener Mann, dessen Stimme deutlich aus der Gruppe heraus zu hören war.

Der Wind hatte sein Opfer gefunden.

Leise strich er durch die Linde, so, als fürchte er, entdeckt zu werden. Über dem Mann entdeckte er ein dürres Ästchen. Der freche Geselle blies seine Backen auf, spitzte seinen Mund – und mit einem hurtigen Windstoß ließ er den kleinen Ast auf den Kopf des Mannes fallen. Der fuhr sich ärgerlich durch sein filziges Haar, redete aber unbeeindruckt weiter.

Der Wind suchte einen weiteren Ast aus und blies auch diesen auf den Mann.

Diesmal schaute er ärgerlich nach oben, denn der windige Geselle verhielt sich ruhig – bis auf die prustenden Böen, die ihm vor Lachen entwichen.

‚Eine kleine Teufelei muss mir einfallen, um den Kerl aus der Ruhe zu bringen', dachte der Wind, strich nachdenklich, doch frohen Gemüts durch das Dorf. Er trocknete dabei die Wäsche, trieb die schlechten Gerüche der Plumpsklos auf die Felder und erfrischte die vom Küchendunst erhitzten Gesichter der Frauen, die sich an der Friedhofsmauer gesellig trafen.

Das Nachdenken, wie er den lauten Kerl ruhig stellen könnte, führte dazu, dass er vergaß, sich zu bewegen. Als er wieder zu den Frauen blickte, bemerkte er an ihren wedelnden Armen, dass er zu still geworden war, und die Fliegen und Mücken die Menschen quälten. Mit einem Backenpuster trieb er das Gesocks weg in Ritzen der Friedhofsmauer und andere Verstecke. Dabei hatte er ein Stück Papier einer Frau auf den Bauch geblasen, die sich nun gutmütige Spötteleien gefallen lassen musste, weil es nicht gleich herunter fiel.

‚D a s   i s t   e s' dachte der Wind und machte sich, böig vor Vorfreude lachend, auf zum Dorfplatz. Unterwegs suchte er in den Gassen nach Papier, fand jedoch nur ein Stück alter Zeitung. Das trieb er vor sich her, gelangte zur Linde und suchte die Lücke, um es dem Großen mit der lauten Stimme ins Gesicht zu blasen. Der Mann nahm gerade seine Pfeife aus dem Mund, um etwas zu sagen, da blies ihm der Wind kraftvoll die Zeitung genau auf die Nase und Augen. Erschrocken fuhr sich der Mann mit den Händen an den Kopf, kratzte sich mit dem Pfeifenstiel die Wange auf. Als er die Zeitung endlich weggerissen hatte, sah er in die lachenden Gesichter der andere Männer.

Fuchsteufelswild tönte er mit seinem dröhnenden Bass:

„Der Wind soll zur Hölle gehen, unnützer Geselle. Treibt einem nur Dreck in die Augen, taugt zu nichts Gutem, zum Teufel mit ihm."

Als der Wind die Worte vernahm, erstarb sein Lachen. Seine gute Laune war wie weggeblasen. ‚Zum Teufel, zur Hölle hat er mich gewünscht. Ich tauge nichts, hat er gesagt.'

Wütend stürmte er durch das Dorf, so wild, dass die Bewohner erschrocken den Atem anhielten. Zwei lose Dachziegel fielen scheppernd auf die Straße, doch der Wind rief nicht nach seinem großen Bruder, dem Sturm. Er beschloss, alleine Rache zu nehmen und den Menschen zu zeigen, wie ihr Leben ohne ihn wäre. ‚Unnützer Geselle hat er gesagt', wehte er vor sich hin.

Ein letzter Blick zur untergehenden Sonne, die ihm mit milden Strahlen einen Gute-Nacht-Gruß sandte. Das stimmte ihn milde und er beschloss, nichts Unüberlegtes zu tun.

Er legte sich auf eine große weiße Wolke und sann nach über seine Antwort auf den ‚Taugenichts'!

Etwas kitzelte ihn in der Nase – und mit einem gewaltigen HATSCHI begrüßte er den neuen Tag. Schlaftrunken suchte er den Verursacher seines Niesens – und schaute der gerade aufgehenden Sonne mitten auf die Stirn; mehr war noch nicht zu sehen. Gute Laune und die Vorfreude auf den neuen Tag überkamen ihn – doch sogleich mit der Erinnerung an die Worte des wütenden Mannes verdüsterte sich sein Gesicht. Statt Rachepläne zu schmieden, hatte er auf seiner Wolke eine gute Nacht verbracht.

Da kam ihm die erste Idee: Er schob die große Wolke zwischen die Sonne und das Dorf. Das war noch nicht genug: in Windeseile trieb er alle Wolken aus der nahen Umgebung – wie ein Border Colle seine Schafe – zu einer dichten Decke über das Dorf zusammen. Kein Strahl der inzwischen aufgegangenen Sonne erfreute die Bewohner auf dem Weg zum Füttern ihrer Schweine, Hühner, Ziegen und ihrem anderen Vieh.

Die ersten Frauen bemerkten, dass sich die Wolken nur über ihrem Dorf zusammenballten, während sonst aus strahlend blauem Himmel die Sonne lachte. Beim Frühstück gab es für die Bauern nur ein Thema: Die Wolken!

Alle dachten nur an die nahe Ernte, die unbedingt trocken eingefahren werden musste. Der Wind, der still vor den Fenstern lauerte, hörte einen Bauern sagen:

„Zum Glück sind es keine dunklen Regenwolken; die weißen spenden uns Schatten – das ist noch gut. Zumal, wenn es so windstill ist" –

Wütend auf sich selbst fuhr der Wind auf, so heftig, dass die Frau ihren Mann spöttelnd fragte: „Sagtest Du was von ‚windstill'?" Der Mann musste lächeln und brummelte etwas Unverständliches in seinen Bart. Der wilde Geselle wirbelte noch etwas Staub auf und fegte davon.

Da wollte er die Bewohner strafen und tatsächlich machte er ihnen eine Freude.

Aus großer Höhe erkannte er in weiter Ferne schwere Regenwolken – zu weit, um sie rechtzeitig heran zu wehen.

‚Mein großer Bruder schafft das.' Über die Sonne schickte er ihm eine ‚Flash-Mail' – und Minuten später sah er die dunklen Wolken in großer Höhe auf ihn zu jagen. Sein gewaltiger Bruder rief ihm nur zu: ‚Keine Zeit – bin gerade auf dem Meer – spiele Schiffe versenken – musst Du auch mal spielen – sehen uns bei...' den Rest konnte der Wind nicht mehr verstehen. Er hatte es auch eilig, denn er musste die weißen Wolken wegschieben, durch die

Regenwolken ersetzen, aber so, dass diese nur drohend über dem Dorf und den Feldern standen.

Nach getaner Arbeit setzte er sich still in die Dorflinde und belauschte die Männer, die sich unschlüssig zu ungewohnter Stunde versammelt hatten.

„Guckt Euch das an: in den Nachbardörfern sind sie bei der Ernte – seht ihr die Staubwolken von ihren Gespannen? Und wir warten auf den Regen!" - „Unser Korn muss rein." meinte ein Bauer, und missmutig fügte er hinzu: „Ich wollte schon letzte Woche..." – „Hör auf," wurde er unterbrochen, und die Stimmung wurde gereizt.

„Wenn wenigstens etwas Wind aufkäme, der würde den Wolken den Weg weisen!"

Beim Klang seines Namens schüttelte es den Wind vor Freude, und Sanftmut kehrte in sein Herz ein. Aber weil es ihn schüttelte rissen kleine Ästchen ab. Eines fiel dem Großen direkt in den Hemdkragen. „Pfeif auf den Wind; ihr seht ja, was der anrichtet!" Eiskalt lief es dem Wind die Backen entlang, wild fegte er davon, ließ als vorerst letzte Botschaft alles lose Ast- und Blattwerk auf die Bauern fallen. Sie zuckten zusammen, schimpften und klopften sich ihre Klamotten ab. Man sprach wieder über die Ernte – nur ein alter Mann, der die 60 schon überschritten hatte, blickte nachdenklich den Staubspuren des Windes nach...

Der Wind fegte über die Felder, ohne etwas zu zerstören, unschlüssig, was er noch tun könnte. Sein Zorn war groß, hatte er doch mit einer Versöhnung gerechnet, geradezu darauf gehofft. Anders als sein großer Bruder – oder gar sein Cousin, der Orkan – hatte er ein gutes Herz.

So beschloss er, zur Linde zu wehen, um dort den Menschen zu lauschen.

Inzwischen war es Nachmittag geworden, die dunklen Wolken drohten immer noch vom gleichen Fleck. Die Bauern waren wieder bei der Linde und rätselten über das Naturschauspiel. Man konnte sich nicht einigen, ob – und wann – es so etwas gegeben hatte.

„He, alter Mann, Du bist zwar lahm zu Fuß, aber noch ganz flink unter der Nase," sagte der Mann mit der lauten Stimme, „was denkst Du denn so?!"

Der Alte lächelte, schaute an den Männern vorbei und sagte so leise, dass man es kaum hören konnte:

„Hier stinkt es." In das überraschte Schweigen hinein:

„Es stinkt nach Klo – weil der Wind fehlt."

Erregte Stimmen erklangen, doch der Alte hob seine verkrüppelte Hand, und es wurde wieder still.

„Wir werden hier von Mücken, Fliegen und Schnaken geplagt." und nach einer kleinen Pause: „Weil der Wind fehlt."

„Meine Tochter klagt," fuhr er direkt fort, „dass die Wäsche nicht trocken wird – der Wind fehlt. Und die Wolken," sagte er mit erhobener Stimme, „stehen schon Stunden an der gleichen Stelle. Warum?"

Die Männer murmelten im Chor: „Weil der Wind fehlt."

In das ratlose Schweigen klang die laute, schuldbewusste Stimme des Großen: „Es ist meine Schuld. Ich habe den Wind verflucht. Wie kann ich es wieder gut machen?"

Der Alte antwortete leise: „Du hast Deinen Fehler erkannt – und bereut. Wie ich den Wind einschätze, wird er Dir vergeben."

Da fiel ein Tropfen dem Alten auf die Glatze. Erschrocken schaute er nach oben, denn er fürchtete, es finge an zu regnen. Es war aber eine Glücksträne aus dem Auge des Windes. Der Alte sah, wie sich die Blätter regten. Der Wind war so gerührt, dass er seine guten Taten immer hastiger vollbrachte:

Den Männern wurde der Schweiß getrocknet, der Wind wehte den Gestank aus dem Dorf, nahm dabei die fliegenden Quälgeister mit. Nur die Wäsche schaffte er nicht mehr, weil er mit den Wolken genug zu tun hatte.

Diese Nacht verbrachte der Wind glücklich im Dachgiebel seines neuen Freundes.

Beim Alten?

Nein, beim Lauten, und er bekam mit, dass der Laute bei seiner Frau ganz leise war.

Wieder zurück in das Heute, zu der wunderschecklichen
Welt, die trotz einiger „Off-Phasen" noch so viel Schönes
bietet.
DER WILLE IST UNGEBROCHEN –
Und mein Dank gilt nicht nur den Freunden, sondern vor
allem der Familie, die mich – obwohl getrennt lebend –
immer unterstützt hat. Ich glaube nicht, dass ich meinen
Humor, die Lebensfreude und Kraft aufgebracht hätte ohne
ihre Hilfe. Wir konnten nicht zusammen wohnen,
aber sie haben zu mir gehalten.
Unsere Kinder und meine Frau.

Danke FREUNDE

Was ich in den letzten Jahren
an Freundschaftsdiensten hab erfahren,
ist ein wertvolles Erleben.
Freunde kann es nur dann geben,

wenn man Freundschaft richtig pflegt.
Ich habe mir auch überlegt,
was ich selber für ein Freund war,
und da wurde mir ganz klar:

Ich hätte auch wie sie gehandelt!
Seitdem bin ich wie verwandelt:
Ich kann getrost um Hilfe bitten,
deswegen habe ich kaum gelitten.

Ich wusste, dass in andrer Lage
ich diesen Freunden ohne Frage
immer gerne helfen würde –
es wäre für mich keine Bürde

Was mich besonders tief bewegt,
ist, wie sich meine Frau verhalten.
Nie hat sie lange überlegt,
half mir, die Zukunft zu gestalten.

Fast zwanzig Jahre schon getrennt,
wird man sicherlich sich fragen:
Warum hilft sie mir permanent,
meine Sorgen mit zu tragen?

Sie gibt dem Helfen keinen Namen!
‚Freundin' darf ich sie nicht nennen.
Ich nehm die Worte, die grad kamen:
ICH BIN FROH, DASS WIR UNS KENNEN!

DIE LETZTEN  Seiten

Selbstportrait

JAHRGANG 1946 – 15 Jahre Parkinson Rigor . schätzt man. Einige Jahre behandelt als Schlaganfallpatient, 2005 fiel der Satz: „Ach, sie haben übrigens Parkinson,"

Zu diesem, Zeitpunkt war die rechte Hand steif, die Finger zur Faust geballt, Die rechte Seite teilweise gelähmt. Diese Behinderungen wurden In der Gertrudis Klinik In Biskirchen weitgehend mit Physiotherapie und Medikamente „repariert". Aber das Dropped head syndrom („Hängender Kopf") kam vor zwei Jahren dazu – es ist die Krönung.

Erwarten sie kein Krankenlamento, rechnen sie mit Kurzgeschichten, die Alternativen zum Aufgeben zeigen, aber auch in Verbindung mit der Krankengeschichte Spannung, Liebe, und auch Erotik zum Inhalt haben. Die Gedichte sind eher prosaische Erzählungen in Reimform, eine Lyrik, die ohne Metapher und Abstrahierung auskommt. Auch hier kommt der Humor nicht zu kurz.

In diesem Buch wird einiges aus meinem Leben mit der Krankheit berichtet – ohne den Anspruch zu erheben, biografisch zu sein. Wäre das gewollt – meine Kinder würden den größten Teil der Themen besetzen.

Es sind Kurzgeschichten und Gedichte dabei, die mit der Krankheit nicht direkt zu tun haben

Weggefährten und deren Umgang mit der Krankheit werden beschrieben.

Das Schreiben hilft mir, diese Einstellung zu behalten: Auf die ewige erste Frage: „wie geht's??" ist die Antwort ein überzeugtes „Mir geht's gut!"
Wenn ich durch Krankenhäuser oder Altenheime gehe, dann sehe ich die Menschen, die berechtigt sind zu sagen: „Mir geht's nicht gut!"

Mein Parkinson ahnt nicht, mit wem er sich da eingelassen hat. Er muss noch einige Stolpersteine mehr vor meine Füße werden.
Er wird es wohl auch tun .... !

Selbstportrait mit Spiegel